U0036282

宜蘭海傳說

蘭陽溪的風雲

海上不安定

PUSORAM

張秋鳳 著

村落分佈與人物代表

海上夢幻王國
蘭陽溪的風雲・海上不安定

一、Tamayan村

人物代表：Takid、Zawai（父子）、Piyan（Zawai之妻）

二、Hi-Fumashu村

人物代表：Kunuzangan（長老）、Vanasayan（長老夫人）、Avango（子）、Abas（Avango之妻）

三、Baagu村

人物代表：Papo、Pilanu（為Lono的最佳助手）

四、Torobuan（Torobiawan）村

代表人物：Lono（第一部村落王子，與Avango為同父異母之兄弟）、Saya（Lono之妻）

五、Tupayap村

人物代表：Kaku（Kulau之好友）、Ipai（為妻子）

六、Tuvigan村

人物代表：Kulau（與Kaku為好友）、Wban（為妻子）

七、Vuroan村

人物代表：Anyao、Tanu（Tiyao最佳助手）、Basin（Anyao之妻）、Ilau（Tanu之妻）

八、Torogan村

人物代表：Tiyao（第二部村落王子）、Avas（為妻子）

蘭陽溪的風雲・藏身好過冬

一、Panaut村&Karewan村：

人物代表：Zawai、Piyan（夫妻）

二、Tupayap村&浪速海灣：

人物代表：Avango、Abas（夫妻）

三、Binabagaatan村&大濁水溪：

人物代表：Papo、Avas（夫妻）

四、Vuroan村&Torogan村：

人物代表：Lono（村落王子）、Saya（夫妻）

五、Kirippoan村&Takili河：

人物代表：Pilanu、Api（夫妻）

相關人物：

海龍將軍、海龜將軍、水晶、Kena-Taroko王子。

Kidis
Kayewan
Kidis
Panauts
Taviavi
Kavewan
Waiawai
Vuyen
RaoRan
大濁水溪
南澳溪
蘭陽溪
Binabagaatan
Pairi
Panaut
Tuvihok
宜蘭河
Kirippoan
Vuroan
Sinahan
Sinarohan
Tuvituvi
Toragan
marin
Torobuan
Tuvigan
Tupayap
Baagu
Tamayan

古世紀宜蘭海分佈圖

古今地名對照表

宜蘭縣

Tamayan Hi-Fumashu Baagu	頭城鎮
Torobuan Torogan Tupapay	礁溪鄉
Tuvihok	員山鄉
Kirippoan	壯圍鄉
Panaut	三星鄉
Waiawai Taviavi	羅東鎮
Vuyen RaoRan	冬山鄉

花蓮縣

Kidis	新城鄉、秀林鄉

【自序】來自Sanasai傳說

新聞專題講述著一段攸關蘭陽溪河川被無限期租用的事：

蘭陽溪河川地原本只放租泰雅大橋至北橫公路口，但因為租金低廉，近年來放租面積大幅向中上游延伸。農作物改變蘭陽溪谷樣貌，整地、開路後的河床，更破壞了河流原本的水道，大雨一來就釀災。當地環保團體與立委田秋堇批評，在蘭陽溪整地的農民，多半是中南部來的「金主」，宜蘭在地農民反而只是受僱者，對收入沒有助益，環團多次呼籲河川局別再放租，但情況未見改善。

這使我想起過去參加劉益昌教授在講解古台灣歷史的一段Sanasai傳說：

大台北地區的馬賽，會追溯祖源到Sanasai；哆囉美遠人則追溯祖源到達奇里；而宜蘭的噶瑪蘭人——特別是溪北的部分，卻追溯祖源到北海岸的馬賽。其中的差異，除了透露族群移動過程中，會有原鄉、第一居停地、第二、第三、第四……原鄉的變動與相對性，也使Sanasai傳說圈的空間範疇，以移動的主體為中心，產生多層次的變化。從歷史的角度看，南來北往、大大小小的移動，正顯示族群的分布，是時時處於變動不居的狀態；同時，此一變動，長期以來又局

限在一定的空間。Sanasai傳說圈的族群體系，因此也隨著長時段的時空之變、短時段的穩定狀態，呈現著不同的族群內涵。

承襲撰寫上一本歷史文學小說《大肚王國的故事》的精神，開始走訪宜蘭各古蹟名勝，同時觀光賞景、吃海產吃到飽的作者，一個人站在宜蘭火車站，突然發呆起來了……。這時，有一道天光從天而降，彷彿對我說：「天將降大任於汝也，汝必將茲寫出來。」

我在尋找宜蘭古文化歷史的考據期間，如同《大肚王國的故事》的歷史一樣，發現諸多傳說不免穿鑿附會之嫌，需要抽絲剝繭才能一一釐清所有脈絡，還原其最確實的歷史面貌。於是，我將所有考證發現之蘭陽溪歷史文化，從頭城開始經礁溪劃一直線到宜蘭、羅東，再劃一道直線到蘇澳，以東都是一片大海，我統稱為「宜蘭海」。在這一本蘭陽溪河流歷史文學裡，講述的就是宜蘭海的夢幻王國故事。

我們過去所認知的噶瑪蘭族（Kbalan）以前稱為「蛤仔灘三十六社」，但事實上其聚落的數量超過六七十個社以上。我覺得殊不論村落有多少個，在整個東部宜蘭海地區，和台灣中部的Camacht王國一樣，都是一個聚落繁榮、物產富饒、資源充沛、人民生活安定的海上王國。

我在尋找蘭陽平原的古文化歷史期間，意外得知，最先居住在宜蘭的原住民並不是噶瑪蘭族（Kbalan），而是另一個族群Pusoram人。這個Pusoram人來自海上，他們在海神的庇佑下尋找樂土，建立海上王國。後來，這族Pusoram人駕船，追逐大海翻騰攪擁的浪花來到了宜蘭海一帶的沙洲。與其他族群的祖先傳說類似地，這族Pusoram人也曾經在海神與天神的預告言下，發生了許多劫難。所幸，在天神與海神保護中和山神引導下，他們平安渡過了劫難，成功建立起一個屬於自己的家園。他們所歷經的劫難，包括來自於大山Taroko人和Basay人，還有來自更遠的大海上不知名的族群海盜。

究竟天神與海神如何幫助Pusoram人避開這些劫難？他們又如何成功地保護族人、守護家園，留下寶貴命脈，繁衍世世代代子孫，繁榮擴展其王國呢？這也是本書所要闡述與描繪的。

《宜蘭海的故事》就是要還原整個Sanasai原住民的傳說，以及先民們遷徙移居在大山與大海之間，如何化解各村落在之間的衝突，尋求彼此和平共存共榮的故事。

張秋鳳

2015年5月

宜蘭海傳說

CONTENTS

1.一見海葵夫人

湛藍潔淨的天空掛著幾朵白雲，在大海上捕撈的村民享受著海水的拍打，烈陽的照射。幾隻巨大的鷗鳥在空中盤旋，隨時準備由上而下搶奪村民辛苦的收穫。肥美的魚在海洋中嬉戲，成群結隊地和村民玩捉迷藏。

突然颳起一陣風，船搖晃得厲害，紛紛躲進礁岩洞裡避難，海面上的浪紋也越來越大。這一陣風起得又急又快，不久之後開始下雨了，海上的潮浪在暴雨的助力下更加洶湧澎湃，很快就要淹到礁岩來了。擔心礁岩洞會被海水灌滿淹沒，村民們又陸陸續續返回沙灘海域躲避風雨。

龍王廟前聚集許多村民，Kaku看著突如其來的風雨，著急地問：「大家都回來了嗎？」

「看樣子這場雨不會這麼快就結束。」Kulau說。

「不過，這天氣原本好好的，怎麼會突然來個暴風雨呢，難道有災難要發生了？」Kaku說。

「問問龍王不就知道了。」Kulau提議說。

Kaku向龍王神像膜拜之後請示說：「龍王一向愛護村落，請龍王明示這場暴風雨的來意？」

就在Kaku說完之後，龍王廟外大雨不但未減反而更大了。

「唉，雨越來越大了。」Kulau擔心地說。

Kaku眼看著風雨加大，心繫村落的安危，語氣堅定地說：「我要出去巡視一下。」

「什麼？現在風雨這麼大，怎麼能出去？就算有草衣竹笠擋著，路也難走。」Kulau說。

就在Kaku和Kulau爭執不相上下的時候，巡守隊走進來了。

「發生什麼事？」Kaku急著向淋雨的巡守隊詢問。

「Anyao在外面等。」巡守隊答。

Kaku看著他，讓他先把身上的雨水擦乾。Kaku走出龍王廟，發現Anyao就站在外頭。

「Anyao，為什麼站在這裡？」Kaku問。

「我在等風雨變小，就要出海去。」Anyao答。

「你要出海？Tiyao、Tanu他們呢？回村落了嗎？」Kaku又問。

「還沒有回去。Tiyao說要去海龜島，Tanu跟著他一起失蹤了。」Anyao囁嚅地答說。

「什麼？海龜島，就是外海那座孤島嗎？」Kaku驚訝地說。

「嗯，沒錯。」Anyao說。

「那座島一直以來都沒有人敢靠近，即使是先祖也只能在附近捕撈大魚之後就返回村落了，Tiyao怎麼能過去？」Kulau站在龍王廟前說。

「那座島是村落的聖島，一直都受著先祖及後人崇拜，Tiyao怎能如此踐踏聖島？」Kaku發急說。

「你們要不要去？」Anyao徵詢說。

就在這個時候，一陣狂風掃過山坡，又掃過沙灘，一路往龍王廟襲來，一下子就將Kaku、Kulau和Anyao三人吹倒在廟外，昏睡過去。巡守隊冒著大雨將三人移至村落的矮木林裡的小木屋休息，等待村醫到來。

在此同時，大海的潮浪將Tiyao和Tanu的船隻打得漫無目的地漂流。

Tanu心中有些害怕，他看著一陣大過一陣的風浪，一臉憂慮地說：「現在也不知道在哪裡？」

Tiyao靜靜地坐在船板上，沒有說話。

「Tiyao，你都不會怕喔？」Tanu低聲試探性地問說。

「怕什麼？」Tiyao看著Tanu淡定地說。

「這場暴風雨隨時會要我們的命呢！」Tanu擔心地說。

「放心，只要我們向海神祈求，海神會保護我們的。」Tiyao說。

Pusoram是屬於大海的人，在大海上生活了數萬年，不會怕什麼大海上的劫難的。他們在這片小小沙灘裡成立自己的家園，已經過了三千年，後代子孫現在才開始經歷這第一場大風浪，這也是家園變動的開始。這村落未來還會遭遇天神給予的什麼考驗呢？

「Tiyao，怎麼辦？船桅傾斜了，我們要消失在大海中了。」Tanu神色驚慌地說。

Tiyao不急不徐拿了繩索丟給Tanu，說：「綁住身子，然後抓緊船身。」

風大雨大，浪濤襲捲，Tiyao和Tanu兩個人被海浪沖上了岸躺在沙灘上。到底這場暴風雨最後會將村落帶進什麼樣的生活？又會引發村民多大的恐懼呢？

Kaku被帶進一座古廟裡，用沙石堆砌起來的古廟。

「這應該是座城堡吧？」Kaku觀察了周遭之後說。

這座城堡站著許多石頭人，從面部表情看來都是一個樣，個個像雕像一樣。就在Kaku想離開城堡的時候，一個穿著華麗衣服的女人出現了。說華麗其實是一件鑲著全身亮紅寶石的金縷衣。

Kaku愣了一下之後問道：「你是什麼人？這是什麼地方？」

「你是Tiyao，是村落的王子嗎？我是海葵夫人，海龍王要我來的。」海葵夫人說。

「海葵夫人？我不是Tiyao，有什麼事嗎？」Kaku聽了一頭霧

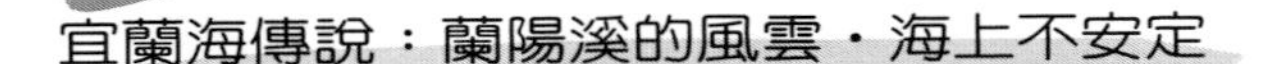

水地說。

「此次村落暴風雨將顯示大地會震動。」海葵夫人說。

「大地震動會帶來什麼災害？」Kaku追問。

「大地震動，大海會淹沒村落，所以海龍王要你協助Tiyao王子遷村，將村落遷移到海岸山坡的後方重新建一個新的村落。」海葵夫人說。

「遷村？這是一個大工程，我要怎麼做？」Kaku問道。

「你儘管協助Tiyao王子就可以了，他會來找你的。」海葵夫人說。

「遷村對村民來說意味著重新開始，村民會同意嗎？」Kaku擔心地說。

「遷村也是為了擴大村落的生活圈。」海葵夫人說。

「擴大生活圈？」Kaku不明所以地問。

海葵夫人沒有再說下去，視線向旁邊的一排石頭人看過去，石頭人立刻變成一道石門。

「你可以從這道門回去了。」海葵夫人說。

Kaku小心翼翼地走向這道石門，瞬間起了一陣大霧將Kaku圍住了，什麼也看不清。Kaku突然現身在一座高大的牌樓下，牌樓用許多貝殼浮鑲，其上有生長茂盛的藤蔓攀附著，牌樓上有許多發亮的光點，這些光點其實是魚鱗反映出的光。

Kaku看見了Kulau和Anyao，開口問說：「你們怎麼在這兒？」

「找你啊，我們找了你很久呢。」Kulau回答說。

「找我？」Kaku摸摸自己說。

「這些花草人說什麼大地會震動，海葵夫人把你找了去。」Anyao說。

「你們也知道大地會震動？」Kaku驚疑地說。

「怎麼你也知道，是不是真的？」Kulau說。

當三個人正在迷惑的時候，海豚將軍出現了。海豚將軍用手一指把三個人推到牌樓外，三個人都顯得有點驚慌。海豚將軍又揮起一陣煙霧，Kaku、Kulau和Anyao三個人同時消失了，只聽得海豚將軍說道：「一切就看你們自己的造化了。」煙霧消失，花草人立刻變回了花花綠綠的魚群悠游著。

2.珊瑚夫人的警告

礁岩上躺著Tiyao，珊瑚夫人慢慢向他走近，靜靜地看著他的睡臉一會兒後，把他喚醒了。Tiyao驚醒地坐在礁岩上，沙灘上的沙粒細白如泥，潔亮無比。

「你不能這樣懶散，你已經可以獨當一面了。」珊瑚夫人慈藹地說。

「你是誰？」Tiyao皺著眉頭問。

「我是珊瑚夫人。我是來向你預告村落危機的，你必須設法幫助村民渡過災難。」珊瑚夫人聲調平靜地說。

「什麼災難？我正要去海龜島，突然起了暴風雨害我沒辦法去，船都破了。海神為什麼不幫我？」Tiyao喪氣地說。

「你去海龜島也不能幫你解決問題。」珊瑚夫人說。

「什麼？那座島是祖先留下來的聖島，為什麼不能求牠幫忙？」Tiyao執拗地說。

「你要靠自己的力量守護村落，守護家園，Kaku他們會協助你的。」珊瑚夫人語帶鼓勵地說。

「靠自己的力量？那我要怎麼做？」Tiyao不明所以地說。

「遷村，把沙洲上的Torobuan村遷移到海岸山坡的後面，重新建立一個新的村落。」珊瑚夫人指示說。

「遷村？如果不遷村那又會怎樣？」Tiyao提出質疑說。

「村民將會有一場大災難。」珊瑚夫人說。

「什麼樣的大災難？」Tiyao追問。

「大地會震動並且帶來前所未有的大災難。」珊瑚夫人告誡說。

「跟海神有關係嗎？」Tiyao說，似乎想打破砂鍋問到底。

「大海一向平靜無波，當大地震動時，自然會引起大海的變化。就像暴風雨的日子一樣，天上颳大風、下大雨，大海就浪花滾滾，波濤洶湧。這場大地震動也會引發一連串的大災難，Torobuan村、Baagu村、Tamayan村到時都會受到災害。」珊瑚夫人再次警告說。

「大地什麼時候會震動？」Tiyao仍不死心地問。

「你得靠自己的力量去解決。」珊瑚夫人說完就沉入礁岩海底去了。

Tiyao坐在礁岩上傻愣愣地不得其解。一會兒，天空裡突然飄來一大朵雲，這朵雲拉下雲架將Tiyao團團圍住了，Tiyao動彈不得昏睡了過去。

3.Kaku他們醒來了

經過幾天的大雨侵襲之後，村落終於恢復了平靜，沙灘也忙碌了起來，活蹦亂跳的孩子踩著足印跟著大人在撿貝殼。海域裡撈不完的魚群，沼澤裡冒出好多小蟲和植物。在大雨的清洗下，山坡變得清爽了起來，村民沿著山坡草澤地找到天神所賜的禮物，一群野兔在村民眼前飛奔而過。

Ipai和Wban拿著竹籃在草澤地尋著藥草和野菜的足跡。

「這幾天的暴風雨把這些藥草和野菜都打爛了。」Wban說。

「不知道Kaku他們醒來了沒有？」Ipai說。

「都這麼多天了，應該醒了吧，待會一起去看看他們。」Wban說。

Ipai邊摘野菜邊放進竹籃，Wban和她相同的動作。

二人正忙著，耳邊卻傳來巡守隊的聲音：「Kaku要大家去集會所，快。」

Ipai愣了一下，Wban看她發呆的樣子，問道：「怎麼了？」

「剛才是巡守隊說的吧，Kaku在集會所？Kulau和Anyao也醒了？」Ipai說。

「嗯，我們現在就去集會所看看。」Wban說。

兩人提著竹籃從沼澤地離開，沿著山路回到村落。夕陽西斜，忽地落在沼澤地裡，發出一道閃亮的光芒反射在林木中。Wban和Ipai走到村落市集的時候遇見了Basin。

「你要去哪？」Ipai問說。

「聽說Anyao醒了，想找一些補品給他補補身子。」Basin說。

「是喔，你真好。」Wban說。

「我們一起去找他們。」Ipai說。

「嗯。」Basin和Wban點點頭說。

三個人也因此在市集裡逛了一圈。

4.Tiyao和Tanu現身沙灘

沙灘上布滿著成簍的魚蝦，有一個村民忽然大叫說：「海岸邊有兩個死人。」

大夥匆匆忙忙地跑過去看，聚集的人也變得越來越多。一位年長一點的村民向前翻動躺在沙灘上的兩人，大家驚訝地瞪大了眼睛，說不出話來。

「是Tiyao和Tanu啦，還有呼吸，不用擔心。」年長的村民說。

聽到老人如此說，村民都放下心露出了笑容。

「聽說Tiyao失蹤了好些天，沒想到會在這裡。」較年輕的村民說。

「Tiyao是要去海龜島，想不到遇見暴風雨還能活著回來。」另一位年輕的村民說。

「醒了。」有人說。

Tiyao睜著迷濛的眼睛看著四周，Tanu也睜開眼睛，刺眼的陽光使得他們不自覺地眼睛閃了閃，Tiyao和Tanu站了起來，看著大家。

「發生什麼事？」Tiyao說。

「你在這裡昏迷了。」年長的村民說。

「昏迷？」Tiyao有點迷惑地說。

「現在沒事了。」年長的村民又說。

「現在大家可以回去了，不用擔心我。」Tiyao說。

村民聞言各自散去，回到自己的船上工作，Tiyao和Tanu兩個人也慢慢走回村落。他們在回市集途中碰見了Avas和Ilau兩個人，Avas乍然看見Tiyao就像看到鬼一般驚嚇得不知說什麼好。

「你怎麼了？」Tiyao看著Avas說。

「你失蹤這麼久，也不擔心我，你要離開也不說一聲。」Avas噘著嘴說。

「對不起。」Tiyao說。

Tiyao說完一把將Avas摟在懷裡，Tanu看見Tiyao的舉動，也有樣學樣將Ilau摟在懷裡，就這樣四個人一起回到了住所。

5.海上王國共主後代的責任

Tiyao在山上巡視著。這裡的每一條河谷、草澤地、林木都是村民的心血，都欣欣向榮。Tiyao從山坡上向下望著沙灘，那裡有一大片沙洲是他從小生長的地方，在礁岩下方藏著很多祕密，沼澤裡則有抓不完的泥鰍和蝦子，也有採不完的藥草。

Tiyao看著眼前的一切，突然想起珊瑚夫人所說「大地會震動，村落將會有災難」的話。Tiyao想著珊瑚夫人的話想得出神，一不小心絆到了草藤。

「不要緊吧。」Tanu趕上前扶起Tiyao問道。

Tiyao撥開草藤說：「真是難纏的草藤，不要緊的。」

Tanu看著Tiyao的表情似乎有什麼煩惱，於是開口問道：「自從上次去海龜島回來之後，你也悶了好些天，是不是有什麼事？」

「有嗎？」Tiyao輕描淡寫地答說。

Tiyao抬眼看著大海和沙灘，突然提議說：「我們去龍王廟。」

「去龍王廟祈福嗎？」Tanu問。

「嗯。」Tiyao點頭說。

Tiyao很清楚龍王廟一直以來都盡心守護著村落，到底大地震動和村落的災難有什麼關係，也許龍王會給他一些提示吧。Tiyao和Tanu下了山坡來到海岸邊，又一路直往龍王廟走。村民也三五成群往來於沙灘和村落之間，絡繹不絕。

「最近連下了好幾天的大雨，魚群也特別多，村民就算多出兩隻手忙著抓也抓不完。」Tanu說。

看著橋上走過的村民個個背上都揹著滿裝物品的竹簍，手提大布包，任誰都看得出這村落越來越繁榮了，小小沙洲和海岸山谷早已容不下這麼多的村民。

「也許村民是該另建新的家園了。」Tiyao說。

「什麼意思？」Tanu看著Tiyao說。

Tiyao看了Tanu一眼，又看看四周，還沒答話，卻見Anyao走了過來。

「瞧！誰來了？」Tiyao說。

Tanu往Anyao方向看去看見了Anyao。

「怎麼有空過來？」Anyao說。

「從山坡上走下來的。」Tanu說。

「不去Baagu村看看嗎？」Anyao說。

「村民還好吧？」Tiyao說。

「市集裡越來越繁榮了，村民落戶也越來越多了。」Anyao說。

「是啊，不過有你在幫Kaku和Kulau，相信會更順手了。」Tiyao說。

「不過Kaku前幾天才公開說要擴大村民的生活圈，準備要建新的村落，所以才讓我來找你，問問你的意見。」Anyao說。

「建新的村落？擴大生活範圍，是好事。」Tiyao說完，若有所思。

在Tiyao心裡想著：「是不是Kaku又發生什麼事？」在各村落之間的市集的確擁擠了些，Kaku想再建新的村落也是必要的，村民也可以在沒有開墾的山坡、溪谷間找到新的寶藏，維持村落的生活命脈是必需的。Tiyao深深認為，自己身為海上王國共主的後代，的確有責任將王國永續經營下去。

「我們正要去龍王廟。」Tanu在Tiyao思索不語的時候插話說。

「龍王廟？」Anyao不解地說。

三個人前後成一直排地向龍王廟走去，這時從矮木叢中突然跳出一隻野豬，Tiyao很快地拿起弓箭「咻」的一聲射向野豬，野豬應聲倒地。

「哇，真不愧是村落第一神射手。」Anyao拍手說。

Tiyao笑一笑繼續走路，走之前告訴路過的村民說：「誰烤了牠，就拿到龍王廟來慶祝。」

Tiyao笑笑地離開了，Tanu和Anyao看著村民在搶野豬，七嘴八舌爭個不休，一時之間也不禁莞爾一笑。

6.烤豬大會

Kulau從Tamayan村走來，走到市集時和Kaku相遇了，二人卻發現村民一個個突然搶先收拾物品，關起門窗，神色匆忙迫切，好像有什麼事發生一樣。

Kulau忍不住好奇地問其中一名村民說：「為什麼大家看起來這麼匆忙，你手裡拿的是什麼呢？」

「龍王廟有烤豬慶祝，我拿自釀的酒正想去共襄盛舉呢。」村民說。

又一個村民走過來說：「我帶了許多薯塊，一起去龍王廟吧！」

看見村民一個個趕熱鬧去了，Kaku越發困惑地說：「龍王廟究竟發生了什麼事呢？」

「好奇吧？我們也去看看。」Kulau說。

兩人對視一眼就笑笑地一起往龍王廟去了。兩個人尚未走到龍王廟，就發現整個海灘早已擠滿了人，山坡上趕熱鬧的村民個個陶醉地高聲歡唱，就像舉行慶典一般開心。Kaku和Kulau為眼前所見大感驚訝，也為空氣中一陣陣撲鼻而來的香味所吸引。

「真香，這是什麼味道啊？」Kulau說。

二人來到龍王廟，只見一排排的魚架、一葉葉攤在草葉上的貝殼，和營火堆裡烤著的一隻山豬，食物這麼豐盛，氣氛這麼熱鬧，這樣的情景真是很久沒見過了。

難道正在舉行什麼慶典嗎，今天到底是什麼日子啊？」Kaku喃喃自語。

「你們也來了。」Anyao走過來打招呼。

「Anyao，這是怎麼回事？」Kaku問。

「讓Tiyao來告訴你吧！」Anyao說。

「Tiyao也在這兒？」Kulau驚訝地說。

Anyao一邊故作神祕地笑笑，一邊引導他們走往龍王廟去。

Tiyao和Tanu正在龍王廟和村民閒聊，此時巡守隊走進來說：「Kaku和Kulau來了。」

Tiyao和Tanu立刻向外張望，看見Kaku和Kulau兩個人吃驚的表情，早已知道了兩個人的心事。

「Tiyao，這是……」Kaku話說一半，Tiyao接著說：「我真的不知道村民會這麼熱心，我只是把在山坡上射中的山豬交給村民，讓村民自己到龍王廟享受，沒想到村民弄得這麼盛大，我自己也感到很意外。」

「這樣啊。」Kulau恍然大悟說。

眾人聽著龍王廟外的歡樂聲、嘻笑聲和吟唱聲都不約而同地笑了。當Kulau和Kaku準備向龍王祭拜的時候，龍王廟突然搖晃了一下，搖得眾人有些發暈。

「龍王是在怪罪於我嗎，怪我沒給牠行禮？」Kaku說完，立刻彎腰行禮。

「大地震動。」Tiyao不知不覺說出了這這句話。

村民嚷嚷著要大家一起去吃烤肉、飲酒，Tiyao看看Kaku，又看看Kalau和Anyao，一行人非常有默契地一同走出了龍王廟。這時龍王廟的上方出現了一道彩色的光芒，預示著什麼呢？不得而知。

7.巨大水柱襲擊

陶壺沒酒了，立刻補滿，陶碗沒酒了，立刻補滿，大家在盡興之餘，難得彼此打開心中的糾結坦承暢談。

「你真不愧是王國共主的後代，Tiyao。」Kaku帶著酒意說。

「好說。」Tiyao說。

「能夠製造出讓村民如此無比歡樂氣氛的你可真是了不起啊。」Kulau說。

「你們怎麼了？喝醉了？」

Tiyao說完就指示巡守隊扶著他們回去休息。就在這個時候，大地又震動了一次，這次更厲害了，海水被震得湧上沙灘，嚇壞了村民，許多村民和小孩都迅速地跑離開了沙灘。大家正在逃命時，又看到外海上有一道高高的水柱往村落直擊而來。Tiyao也看見了這情形，立刻傳達給對岸的村民盡速遠離沙灘。Tiyao拿根草藤來在其上做了記號和文字，然後綁在箭上射向對岸的舢舨船裡。村民讀了Tiyao箭上的警告後開始行動迅速地離開海岸邊，此時巨大水柱無預警地撲向沙灘，衝擊礁岩，嚇壞村民，也濺濕了村民。

「那是什麼？水中怪獸嗎？」Kaku從酒意中醒來說。

「水中怪獸？」Kulau說。

「這是大地震動以後才會發生的。」Tiyao說。

Kaku突然想起了海葵夫人的話：「大地會震動，你要幫助

Tiyao把村落遷移到山坡上去建一個新的村落。」

「大地震動會帶來水中怪獸，然後侵襲村落，這就是村落的災難？」Kaku說。

「咦？」Kulau輕嘆一句。

Tiyao看著Kaku的表情，心想：「難道Kaku也知道大地震動將給村落帶來災難？」不一會兒，龍王廟上方的彩光消失不見了。村民被這水柱怪獸嚇呆了，趕緊收拾工具回村落去。人人心裡猜疑著：「大地連續兩次的震動似乎隱藏什麼警示，龍王到底要說什麼呢？」

「Kaku，該請大祭司祭天了。」Tiyao說。

村民議論紛紛，只等大祭司能夠為他們指點迷津，是否天神又有什麼旨意？或是海神想警告他們什麼呢？

8.給寶寶穿的草衣

Avas正在利用曬乾的草編織著草衣，她和村裡的女人們一樣，擁有一雙能為自己的男人織衣裳的巧手。

這個時候Ilau走過來，坐在Avas旁邊說：「剛才大地震動引起了大水柱淹沒了海岸。」

「咦？有人受傷嗎？」Avas停下編織的動作說。

「沒有，因為Tiyao看到水柱之後就吩咐人發出警告，叫大家趕快離開海岸，所以大家都很安全。」Ilau說。

「那龍王廟怎麼樣？」Avas說。

「在那裡的村民也全都散開了。」Ilau說。

Avas繼續她的編織，Ilau也拿起乾草學編草衣。

Ilau一邊織一邊嘀咕說：「大地怎麼會突然震動？是不是會有

不祥之兆？」

Avas看了她一眼，沒有說話。

Tiyao從橋上走下來，村民圍著他，大家很感謝他那一箭及時救了在海岸捕撈的村民。Tiyao告訴村民說，等大祭司祭天之後的結果，再做進一步的計畫。說明完，Tiyao和Tanu就回家了。走到市集的時候，Tiyao要Tanu明天和他一起再去山坡上查看。Tanu不明白Tiyao的用意，但是猜想一定跟大地震動有關係。

Avas將編織好的草衣拿在眼前端詳了一下，表情洋溢著滿滿的幸福。

「Avas，你這草衣是要織給誰穿的啊？這麼小件。」Ilau好奇地問。

「給寶寶穿的。」Avas說。

「寶寶？你有孩子了？」Ilau驚呼。

Avas嘟嘴「噓」了一聲示意她她別嚷嚷。

此時Tiyao正好走過來，看見她們的樣子就說：「怎麼了？有什麼不對勁嗎？」

Ilau趕緊搖搖頭說：「沒事，我要回去了。」

Tiyao滿腹狐疑地看著Ilau離開的身影，又轉頭看看Avas，覺得一定有什麼不對勁。

「Tanu回去了嗎？」Avas說。

「嗯，我讓他早點回去，明天還有事情。」Tiyao說。

Avas拿著草衣正要進屋子裡去，又回頭輕聲說道：「我們也早點休息。」

Tiyao抓起Avas的手說：「不管發生什麼事，我都會守護著你和村民。」

Avas眼眶裡噙著眼淚感動地看著他。兩人四目相對，無限深

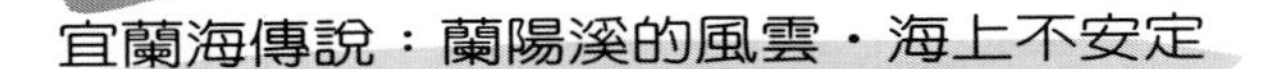

情。在微暗的屋子裡，靜謐無聲中，既可以感受到幸福氣氛，也隱約潛伏著莫名的憂慮，因為誰都無法預料下一個大地震動會發生什麼事。

正當Tiyao摟著Avas走進屋裡同眠的時候，在另一個屋子裡，Kaku和Ilau也在你儂我儂地享受著獨屬於他們二人的親密時光。不料，這個時候大地又震動了，屋子搖晃著，橋樑搖晃著，沙灘搖晃著，海水搖晃著，村民的心也在搖晃著。

Tiyao要如何解釋這大地震動所帶來的災害呢？Tiyao正在思索著這個答案，Kaku在等他的答案。

9.強風捲走了Tiyao

晨霧才剛散去，村民已經開始作息了，舢舨船在海灘上行走著，沙灘上曬著肉乾等食物，突然間大地又震動了幾下。

Tanu看著海面上的浪紋變化，說道：「想不到竟然連續好幾次都是大地震動。」

「你認為這是村落發生災難的前兆嗎？」Anyao憂心地問。

「不知道。」Tanu說。

「不過Kaku好像知道些什麼，可是又不能說出來的樣子。」Anyao說。

「是喔，那Tiyao也應該知道的吧，自從龍王廟前那一場大地震動引出水中怪獸以來，Tiyao常常一個人站在海岸發呆，然後又叫我陪他去山坡上走走。」Tanu說。

「一定有問題。」Anyao說。

「不管發生什麼事情，我們就協助Tiyao就好了。」Tanu說。

Anyao和Tanu繼續在各個山坡和山谷中巡視，途中不時看見沼澤裡飛來不知名的昆蟲，蟲身上有著五彩光澤點亮了幽暗的草叢，配合著陽光灑下金黃色的光芒，在樹梢上形成一圈光暈，洋溢著幸福的氛圍。

Anyao二人路上遇見了巡守隊，聽巡守隊說Tiyao正在大河上方的小木屋裡休息。Tanu和Anyao彼此交換了眼神之後就有默契地一起順著山坡走下去。

Tanu和Anyao走到一半的時候，發現村民被大山下來的熊咬傷了，於是隨手抓了路旁藥草準備替村民敷上，村民一時痛得「唉呀！」「唉呀！」地哀嚎不已。

Tiyao聽見慘叫聲立刻跑過來，看到Anyao手上拿著藥草，問道：「發生什麼事？」

「有人被熊咬傷了。」村民說。

Tiyao立刻拿起Anyao手上的藥草說：「這種無法止血，再找看看有沒有其他的藥草，消炎止血用的。」

「是。」Anyao點頭答道。

Anyao和其他村民一起找藥草去後，Tiyao將先前的藥草在大石頭上磨碎，然後用竹板裝起來，準備敷裹。

「忍著點，很痛的。」Tiyao對受傷的村民說。

只見村民雙眉緊皺，牙關咬緊，顯然很痛卻不好意思叫痛。Tiyao又用大草葉包住傷口，然後用草藤綁好。

「起來走看看。」Tiyao說。

村民跛著腳走了走，看來傷勢不甚嚴重。Tiyao要巡守隊扶著村民先回小木屋休息，等不疼了再回村落。

Anyao在山坡上找藥草的時候捲起了一陣風，於是當下決定停止搜尋，迅速地趕回來。

Tanu也被這一陣風嚇呆了，驚呼：「這是什麼風啊，怎麼突然颳起來了？」

Tiyao看著被風吹得颯颯作響的山坡，對大家說道：「先回村落去吧！」

一行人，包括扶著受傷村民的巡守隊員，快步趕回村落，一路上腳步沒有停歇。不料，途中又掀起了一陣強風，使得大夥只顧用衣袖遮擋風沙，此外什麼也顧不上了。一會兒，強風停止了，Tanu這才發現Tiyao不見了，消失了。眾人沿著回村落的路仔細尋找Tiyao的行蹤，卻一無所獲。

這陣超強旋風竟然把山坡上的小木屋也給吹翻了，Anyao和村民一起合力把小木屋重新整理好，再一起回到Baagu村。

無獨有偶地，和Hi-Fumashu村相連的市集有房屋也被強風吹倒了。Kaku正在和村民一起修房子，Kaku要巡守隊加強巡視村落是否還有需要幫忙的地方，有的話立刻回報。

當Kaku要離開市集的時候看見了Anyao，於是問道：「Anyao，有發現什麼問題嗎？這一次強風來得真是猛，村裡有很多房子都倒了。」

Anyao看看Kaku，又看看四周，說：「你都處理好了。」

「能做的就先做了，還有什麼問題嗎？」Kaku問。

「Tiyao失蹤了。」Anyao淡淡地說。

「什麼？」Kaku驚訝地說。

「是被剛才颳起的那陣強風帶走的，不見了。」Anyao說。

「有人知道嗎？」Kaku說。

「Tanu和幾個在山上打獵的村民知道。」Anyao說。

Kaku沉默了一下，沒有說話。

「這怎麼辦？」Anyao說。

Kaku深深嘆了一口氣說：「我去找大祭司，你去通知Kulau，我們在祭司府見面。」

Kaku和Anyao就在市集裡分開，一個往祭司府，一個往Tamayan村走去。

風從海上吹向山坡又吹向沙灘，迴旋不斷的風聲就像樹梢上的蟬鳴一般，呼嘯不已。

10.大祭司的卜算

祭司府裡，大祭司感應到那陣強烈的風其實不尋常，於是掐指算了一下。

「將會有災難出現，這是天神之意嗎？」大祭司喃喃自語。

這時有人通報說Kaku來到祭司府，大祭司立刻到大門口迎接。Kaku見到了大祭司，表情既高興又擔心，因為期待自己的疑惑可以得到開解，又擔心從大祭司那裡聽到的不是吉兆。

「大祭司，Tiyao失蹤了，是那陣強風把Tiyao帶走了。」Kaku走進祭司府後馬上對大祭司報告說。

「我知道，剛才我也掐指算了一下。」大祭司說。

「我希望你能夠設壇祭天，問問到底發生什麼事。」Kaku說。

「會有災難，村落即將發生災難。」大祭司說。

「村落會有災難？那就更要設壇祭天了。」Kaku說。

大祭司沉默了一會，看著Kaku說：「你想做什麼？」

「我不想做什麼，村落有災難，我想保護村民，也想知道天神有什麼旨意，我更想確定Tiyao是否平安。大祭司，設壇祭天吧！」Kaku看著大祭司說。

大祭司一臉猶豫的表情看著Kaku，又環顧府內，看著祭台好一會兒，然後嘆氣說道：「好吧，我就試試看。」

大祭司的口吻顯出某種堅定的決心。Kaku聽到大祭司這麼說，臉上立刻露出笑容。大祭司和Kaku達成共識，決定祭天祈求神明給予進一步指示。之後，大祭司就開始準備祭天所需的東西。

不久，Kulau和Anyao也趕到了祭司府。

Kaku看見Kulau來到感到非常高興，他告訴Kulau說：「大祭司同意祭天了。」

「真的，太好了！只是，不知道會有什麼事發生。」Kulau的表情也是又喜又憂，很複雜。

Kaku沒有告訴Kulau村落有災難的事要發生，大祭司也沒有說。大祭司沉默地看著Kaku和Kulau兩個人，Anyao從大祭司的眼神裡感覺到或說猜測到失蹤的Tiyao應該不會這麼快回來。Anyao在心裡無數次地呼喚著Tiyao的名字，希望Tiyao能夠平安沒事就好。

11.疾風怪和雨娘

在一個四周充滿大林木的地方，直立的樹幹高聳參天，枝椏交錯遮蓋了白雲入侵，翠綠蓊鬱的森林有著神祕的氣息。Tiyao躺在樹下，鬆軟的落葉就成了他溫暖的床，樹葉上的晨露滑落滴在他臉上，Tiyao驚醒過來，睜開惺忪雙眼，望著綠蔭蒼木，他站了起來自言自語道：「這是什麼地方呢？」又移動腳步向四周探尋，希望能夠解開這個謎團並順利離開這裡。

Tiyao一會兒走在鬆軟的落葉上，一會兒在堅硬的泥土地上，隱隱約約感覺到有一股力量在牽引著他，彷彿引導著他找到出路。

走著走著，Tiyao眼前的一棵大樹突然變成了人形樹開口說話了。

「你找不到路的。」人形樹說。

正當Tiyao對人形樹的話半信半疑的瞬間，四周的樹一下子全都變成了人形樹，相同的形體，相同的面孔，全都一個目標盯著Tiyao瞧，使得Tiyao一時間找不到原來那棵說話的人形樹，也記不得那一棵人形樹在跟他說話，不知道什麼時候，地上的草株竟也全都變成了人形草。在人形樹和人行草的包圍下，Tiyao想脫困也很難。

Tiyao眼看自己被團團圍住，情急之下只能大聲喊道：「你們是誰？想幹什麼？」

其中一個人形樹答道：「看看你的左邊，那才是你要去的地方。」

Tiyao往左邊一看，看見一座高聳像城堡又像神殿的房子，房子下有大岩石砌成的階梯，順著階梯，兩旁有大石柱，大石柱有大拱門關著。

「那是什麼地方？」Tiyao問。

「山神住的地方。」人形樹說。

「山神？」Tiyao質疑地說。

「不是山神，是疾風怪住的地方。」人形草說。

「疾風怪？」Tiyao更迷糊了。

「總之，你先進去那道拱門才會明白真相。」人形樹說。

人形樹和人形草讓出一條通往城堡神殿的路給Tiyao走，看來Tiyao沒有選擇餘地了。當Tiyao走向城堡神殿的時候，人形樹和人形草立刻恢復了原狀佇立在林木裡。Tiyao沒時間多想，只想早些回村落。離城堡越近，Tiyao的感應也越強烈。當他一站在石階下方，拱門就不推自開了。Tiyao還在如墮五里霧中的時候，一個美若天仙的女子突然出現在他面前，令他嚇了一大跳。這女子沒有說話，只是微微含笑看著著他，然後轉頭走進了城堡。Tiyao也跟著走進去。城堡富麗堂皇，花園裡的百花爭豔，叫人目不暇給。

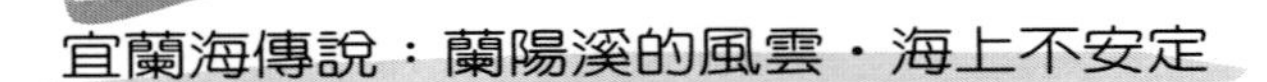

城堡內華麗炫彩的耀眼奪目，侍女和侍衛分站兩旁，女子發話道：「你們都下去。」

侍衛和侍女應命轉身離去，女子走進內屋，Tiyao也跟著走進去。

「這是什麼地方？你是誰？」Tiyao忍不住開口發問。

「我是誰不重要，你不是很想知道你的村落會有什麼災難嗎？」女子說。

「莫非你是疾風怪？」Tiyao說。

「疾風怪是我哥，掌管山裡頭的大風和小雨，這次強風把你帶來也是我哥的意思。」女子說。

「那你是說……」Tiyao又問說。

「她是雨娘，掌管山裡的溪水，溪水大小就是她負責的。溪水多就不下雨，溪水少才下雨。」

Tiyao問語未完，從內屋旁的一個側門走出一個人插嘴說。這個人外表雖甚粗獷，身形卻不粗壯。

「她是雨娘，那你就是疾風怪囉。」Tiyao對著這個人說。

「哈，哈，哈！」疾風怪大笑三聲。

Tiyao面無表情地看著他，心裡想著要如何做才能從這裡脫身。

「我知道你在想什麼？」疾風怪說。

「什麼？」Tiyao驚訝地說。

「你應該聽說大地震動之後將會給你的村落帶來災難不是嗎？」疾風怪說。

「大地這幾天確實震動了不少次，只是大水柱是什麼？」Tiyao問。

疾風怪思量了一下，看著Tiyao說：「關於大水柱的事情，我無法回答你。至於大地震動的事，山神要我傳達給你，要盡快遷移村落到山的後方去，否則這裡的海岸大山崩落時將會淹沒所有的村落，造成村民無數傷害。」

「你是說海岸大山會崩塌？」Tiyao追問道。

疾風怪點點頭看著Tiyao，雨娘也從側門邊看著Tiyao，空氣似乎突然凍結，無人說話。雨娘雖不想傷害Tiyao，但是身為雨娘的她，下雨是她的工作，也是山神的旨意。

「你趕快回去準備遷村吧。」疾風怪說。

「遷村不是我能做的。」Tiyao說。

「哈，哈，身為村落王子，王國共主的後代，有責任把這個責任守下去。」疾風怪說。

「責任？」Tiyao不解地說。

「守護家園和村落就是你的責任。」雨娘突然從側門走出來說。

疾風怪和Tiyao兩人聞聲同時轉頭看著她。

「守護家園是每一個村落男子的責任和義務，這是大家都不會忘記的，當然我也記得。」Tiyao說。

「只是你的責任更大，你必須領導他們，你必須成為他們的領主帶領他們來完成。」疾風怪說。

「我？」Tiyao遲疑地說。

「這件事大祭司已經在處理了，並且傳達了天神的旨意。」雨娘說。

「大祭司……」Tiyao若有所思地喃喃自語。

疾風怪擊掌兩聲，看著陷入沉思表情呆滯的Tiyao，轉身向侍女和侍衛說：「把門打開讓他出去。」

侍衛立刻跑去開了門。Tiyao仍傻傻地看著疾風怪和雨娘，沒有動作。侍女只好走向他，慢慢地將他推往門邊。疾風怪和雨娘看著Tiyao慢慢地走出大門，不發一語。Tiyao心裡想著：「大祭司將傳達天神的旨意，莫非大祭司又設壇祭天了嗎？」

走出城堡神殿的Tiyao立刻被驚醒過來，身邊竟然又包圍著剛才看見的大批人形樹和人形草。

人形樹對Tiyao說：「你的旅程結束了，該回去了。」

Tiyao還來不及反應就被人形草捲入一個黑洞理，一個很深很深的黑洞，Tiyao昏厥過去。

12.推選村落共主

Avas正同村民一起過橋。她的神情有些憂慮，她已經知道Tiayo被強風帶走的事，也為Tiayo失蹤這麼多天沒消沒息而擔心。聽村民說大祭司要祭天，祈求天神下達旨意。近日村落發生一連串奇怪的事情，大水柱、大地震動、強風捲走Tiyao、暴風暴雨好幾天，這些事都叫人憂心又困惑。究竟天神要下達什麼樣的旨意呢？

大祭司已經在龍王廟前的沙灘擺設了祭壇，Kaku、Kulau、Anyao和Tanu都來了，Ipai和Wban在橋頭等待Avas，三個人和Ilau、Basin在矮木林集合。

「走吧！現在就去龍王廟。」Ipai說。

「嗯。」四個人都點頭說。

當她們往龍王廟走一小段路的時候，天空忽然出現一道白光從天際而下，打中了大祭司的祭壇，祭壇冒出火花，大祭司連忙喊救火。

Kaku一時之間覺得很意外，驚呼：「怎麼會？」

「這是什麼意思？大祭司。」Kaku又問。

大祭司突然離開祭壇走向龍王廟，眾人轉頭看去，大祭司已站在龍王廟前喃喃唸誦著咒語。

「這是怎麼一回事？」Anyao說。

大祭司唸完咒語轉向眾人說：「村落將有災難，我們要立一個村落王子來領導大家，完成村落大事。」

「村落王子？那不就是先祖所說的村落共主嗎？」Kulau說。

「是啊，自從上一任村落王子去世之後，我們已經有十幾年沒有產生共主了，是該遴選村落王子來領導大家的時候了。我推舉Tiyao成為我們的村落共主，不知道大家心裡還有沒有別的人選？」Kaku說。

眾人你看我，我看你，想著：「誰具備領導村民能力呢？」

「我也推舉Tiyao。」Kulau說。

「我也是。」Anyao和Tanu異口同聲道。

村民卻議論紛紛，一陣騷動，因為Tiyao目前仍失蹤。

「那現在請大祭司告訴龍王大夥的決定，請龍王告訴我們Tiyao現在人在哪裡。」Kaku說。

大祭司再次在龍王供桌前唸誦咒語，大祭司不久面露驚訝地說：「Tiyao回到村落了。」

「咦？」Tanu發出驚嘆。

眾人也相互對望，不敢相信。

Avas和Ilau被剛才那一道白光嚇得昏倒了，Basin看著不省人事的Avas和Ilau，著急地說：「這怎麼辦好呢？」

「扶她們去小木屋休息吧。」Ipai說。

於是五個人都聚集在小木屋裡。

「我去龍王廟看看發生什麼事？」Wban說。

Wban一走出小木屋就看見了Anyao和Tanu兩個人，於是問道：「你們要去哪兒？」

「Tiyao回來了，我要回村子看看。」Tanu說。

「真的？剛才那道白光……」Wban說。

「那道白光是天神的指示。」Anyao說。

Wban告訴Tanu說：「Avas在小木屋。」

「什麼？」Tanu驚訝地說。

三個人回到小木屋，Ipai和Basin看到他們頗為驚訝，此時Avas和Ilau也醒來了。

Tanu看見她們說：「怎麼你們全部都在這裡？」

「我們是要去龍王廟的。」Basin說。

「剛才看到天上出現一道白光，Avas和Ilau暈過去了。」Ipai說。

Tanu走到Ilau身邊看著她，又看看Avas，說道：「你們應該留在村落裡的。」

「大祭司有說什麼嗎？Tiyao會回來嗎？」Avas看著Tanu問道。

Tanu沒有回答，Anyao說：「大祭司說Tiyao已經回到村落了。」

「真的？」眾人齊聲喊道。

大夥彼此對望，盡皆露出了喜悅的笑容。於是，一陣驚疑參半的討論之後各自回到村落去了。

天色漸漸暗了下來，微光在海的那一邊照耀著村落。

13.Tiyao是天神指定的人

Kaku和Kulau離開龍王廟後繼續沿著海岸山坡巡視，又交代巡守隊做例行性的查察。Kaku的目的是為了早一點找到Tiyao的行蹤。

Kulau看著沙灘上和山坡上忙碌著的村民，說：「Kaku，你推舉Tiyao為村落王子是好事，可是現在Tiyao失蹤了，你是不是也應該……」

Kulau話說一半，Kaku接著說：「Tiyao會回來的，大祭司不也證實了嗎？我相信自己的直覺，Tiyao會回來的，他不會丟下村民不管，你不相信嗎？」

「Kaku，我是相信，但已過了那麼多天了啊。」Kulau說。

「Tiyao是天神指定的人，他負有天命，或許天神派人把他找去了，所以才會這麼久才沒消息。」Kaku說。

「你都這樣說了，我也沒別的話說。」Kulau說。

Kaku和Kulau在草坡遇見了Ipai、Wban及Basin三個人。

「你們也在這兒？」Kaku說。

「大祭司祭天結束了？」Ipai問。

「結束了。」Kaku說。

「那有說到Tiyao回來的事嗎？」Wban問。

「你們都知道了？」Kulau驚訝地問。

「剛才碰見了Tanu和Anyao兩個人都說了。」Ipai說。

「我們現在要到四處去看看，你們先回村落看看有沒有新的消息。」Kaku對Ipai說。

「不讓我們也一起去嗎？」Ipai說。

「村落總要有人留下來協助村民處理事情。」Kaku說。

「好吧，我們先回去，你們得在太陽下山以前回來。」Ipai說。

「我知道。」Kaku說。

Kaku深情地望著Ipai離去，Basin和Wban也跟著離開。

「我們繼續走吧！」KaKu說。

Kaku看著Kulau一眼，兩個人繼續往前走。

14.平安歸來

村民在河谷捕魚時發現似乎有人躺臥在草叢中，於是立刻通知巡守隊，Anyao和Tanu得知之後立即趕到河谷。眾人看見草叢裡真的躺著一個人，許多村民立刻圍了上去。

有一個眼尖的村民大喊說：「是Tiyao！」

「什麼Tiyao，現在要說Tiyao王子。」另一個村民糾正說。

「是，Tiyao王子回來了！」村民大叫說。

Tanu看著Tiyao喜極而泣地說不出話來。

「你哭什麼？」Anyao說。

「我是太高興了。」Tanu說。

Tiyao慢慢張開眼睛，不知是風還是陽光傷了眼，他的眼睛一下張開一下闔上，最後終於完全張開看著村民，又看著Tanu說：「Tanu，怎麼大家都在這裡？」

Tanu和巡守隊合力扶他站起來，說：「你消失了好幾天，大家都很擔心你。現在終於看見你沒事，我們都很高興。」

「是啊，你這幾天都去哪兒了？」Anyao問。

Tiyao想不起來自己去了哪裡，只知道自己四周原本有很多人形樹和人形草，他張望著河谷四周，的確有很多樹和草，只是這和他失蹤又有什麼關係呢？他一時也弄不清楚。

「現在沒事了，我們回去吧。」Tiyao說。

「嗯，Avas很擔心你。」Anyao說。

Tiyao和村民一起走回家，在離開河谷時看見Kaku和Kulau兩人。

Kaku立刻向前對他說：「Tiyao，看見你沒事，我好高興。」

「謝謝。」Tiyao說。

「Kulau，我說了嘛，要相信大祭司，不會錯的，Tiyao平安歸來。」Kaku說。

「大祭司說什麼？」Tiyao說。

「現在天色也不早了，先各自回家，等過兩天你來集會所，我再告訴你。」Kaku說。

一行人走出河谷，沿著山坡回到村落。

15.需要擁有莫大的毅力和勇氣

Tiyao站在礁岩上望著起伏不定的大海，想著先祖歷經各樣艱險，渡過遙遠大海，越過無數礁岩沙灘，才來到這裡建立了自己的家園，這一切是多麼可歌可頌，值得紀念緬懷啊！

Tiyao無法想像長久在大海中生活的有多麼艱辛，但對比一下自己和村民一起出海捕魚的情形，大概也能了解一二了。捕魚時如果遇見大風大浪，生命可說危在旦夕，人力如何和大自然的力量相抗衡呢？能夠醒來看到第二天的太陽，那真是天大的幸運啊。所以說，能夠長期在大海裡生活的人，一定需要擁有莫大的毅力和勇氣吧？Tiyao還不知道自己有沒有勇氣生活在大海上，卻因為知道村落即將有災難而開始感到害怕，他不知道自己能否守住先祖留下來的這片美好家園。

「在想什麼？想得這麼入神？」Avas出現在他身邊說。

Tiyao看了Avas一眼，又繼續看著大海，沉默著。

「大祭司的決定你知道了嗎？」Avas問。

「知道。說什麼村落共主？我不想當什麼村落共主，只想和大家一起守著村落家園。」Tiyao說。

「這是你的天命。」Avas說。

「不，Kaku、Kulau也可以成為村落共主來領導大家啊。」Tiyao說。

「我說了這是你的天命，大祭司說的也沒人反對，Kaku也推舉你。」Avas說。

Tiyao突然深情地看著Avas，又撫摸著她的臉說：「成為村落共主之後，我不能事事想著你，必須以村民為優先，守住村民之後才能守住你，這樣對你有些不公平，將當初想要守護你的心變成了守護村民。」

Avas聽著有些感動，閃爍著淚眼說：「能夠和你一起守護村落是最幸福的事。」

Tiyao把Avas摟在懷裡，Avas靠著Tiyao的胸膛，聆聽他的心跳聲、呼吸聲，就像聆聽著大海的聲音。Tiyao摟得更緊，Avas的呼吸更急，大海卻掩蓋住了所有聲音。兩人相依相偎，直到巡守隊來到才分開。

「什麼事？」Tiyao問。

「Tanu已經準備好了，就等Tiyao王子過去。」巡守隊員報告說。

「Tanu叫你來的？知道了，我這就過去。」Tiyao說。

巡守隊收到Tiyao的答話就離開了。

「你讓Tanu做什麼事？」Avas說。

「守護村落的事。」Tiyao笑笑地對Avas說。

兩個人手牽著手離開礁岩，回到村落。身後的海浪兀自不斷拍打著礁岩，激起水花撲向岸邊。

16.王子怎麼說我們就怎麼做

集會所外，村民被分類編排成不同的隊伍，Tanu開始點名和計算人數。

有一村民問Tanu：「為什麼要將大家叫到這裡來？」

「等一下大夥就知道了。」Tanu說。

此時巡守隊來說：「Tiyao王子來了。」

「Tiyao王子！」村民議論紛紛。

「大家安靜。」Tanu說。

Tiyao一路走到集會所，穿過村民，看著大夥，看著Tanu，問道：「Torobuan村的木匠和工匠就是這些嗎？」

「是的。」

Tiyao又看著村民說：「大祭司說村落會有災難，指的就是Torobuan村。我需要大家的雙手，再造一個村落，在山的後方，同時更希望大家拿出先祖建村的精神再造一個繁盛千年的村落。」

「那是要我們遷村。」有一年長的村民說。

「在遷村之前先建立新的村落。」Tiyao說。

「王子怎麼說我們就怎麼做。」年輕村民說。

「時間很急，在下一次大地震動之前要完成。」Tiyao說。

「可是建村落需要更多人手。」年長村民說。

「這我會請Tamayan村和Baagu村來協助。」Tiyao說。

「建房子需要材料，我希望大家盡力去找，有什麼問題可以找我，我會跟Tiyao王子報告的。」Tanu說。

「最重要的一點，建立新村落固然很重要，但一部分人還是要保持正常生活，維持村落的生計。」Tiyao王子說。

早先，村民得知幾日前大地震動所引起的大水柱是要將Torobuan村淹沒，而且大山也會崩塌掩埋村落的消息時，已經引起了不小騷動，眾人甚至日夜坐立不安地議論了好一陣子了，現在有Tiyao王子給他們新的希望——重新建一個村落，大家的心總算安定了下來。

Tiyao王子走進集會所，用獸皮記下自己要說的話，然後將獸皮交給巡守隊，吩咐說：「拿給Kaku和Kulau。」

巡守隊離開集會所後，Tiyao王子想著疾風怪所說的話：「Kaku和Kulau他們會協助你。」在Tiyao心裡也是這麼想著的，因為他們三個人可說是青梅竹馬，從小一起玩到大，還曾經抓魚抓到跌進沼澤裡呢。一想到這件往事，Tiyao不自覺地笑了出來。

17.事關村落大事要快

在Hi-Fumashu村的市集裡巡視的Kaku正在和村民閒聊，說說目前的生活狀況，巡守隊走過來打擾了他們的談話。

「什麼事？」Kaku問。

「Tiyao王子有書簡給你。」巡守隊說著拿出獸皮交給Kaku。

Kaku接過獸皮書簡，看看四周一切平靜無事就和巡守隊一起離開了市集。

集會所裡，Kulau早已等待多時，Kaku才剛踏入集會所，Kulau就說：「你收到Tiyao的書簡了嗎？」

Kaku把在手上的獸皮書簡放在桌上，吩咐道：「立刻清點工匠，召集村民。」

「這麼快？」Kulau驚異地說。

「事關村落大事，要快。」Kaku說。

「既然這樣，我也不能怠慢。」Kulau說。

兩人相互看了一眼，點點頭，會心一笑。

Ipai在市集裡遇見了行色匆匆的Wban，於是攔住了問：「發生什麼事，看你走得這麼快。」

「你不知道嗎？Kaku和Kulau召集村民說要建新的村落，現在村裡所有的工匠和木匠都已經被召了去了。」Wban說。

「建新的村落？」Ipai不解地說。

「這下村落有得忙了。」Wban說。

「忙一點也好。」Ipai說。

Ipai和Wban兩人一邊談話一邊快步往集會所走去。

18.眾人同心其利斷金

從海岸山谷眺望遠山和大海良久，Tiyao深深覺得在這裡建立新的村落才能保障村民的安全，免去與大海搏鬥的危險。此外，山谷中的溪床有著和大海一樣豐富的資源，在這裡村民也沒有真正離開大海，順著溪流一樣可以通往大海，這些河流的存在不就是天神給村民最好的禮物嗎？Tiyao想著想著在一處河谷草坡停了下來，吹著從遠山吹過來的風，呼吸著從大海漂過來的氣息，眼前隨風擺盪搖曳的草坡不就是大海上的浪紋嗎？頓時，Tiyao明白了天神的旨意，遠離海神的庇護投靠山神的保護，正是村民遠離大地震動最好的生存方式。

巡守隊來來回回地穿梭巡視，發現有個村民因為砍伐木材不慎跌傷了腳，腫大的腳踝讓村民無法行走，必須抬下山到村落給村醫診治。

Tiyao看到村民躺在擔架上痛苦難忍的表情，喚住了巡守隊：

「等一下。」

巡守隊放下擔架，村民看著Tiyao不明所以。

Tiyao走向村民，親切地問道：「這樣抬著很痛吧！」

村民忍著痛不敢說什麼，Tiyao於是轉頭向巡守隊說：「把他放在我背上，我揹他到村裡去。」

「Tiyao王子，這……」巡守隊面有難色，支吾以對。

村民也感覺到十分窘困，躬著上身想站起來卻因為腳痛而作罷。

「快，快點！」Tiyao王子大叫說。

不得已之下，巡守隊將村民扶上Tiyao王子的背上。

Tiyao王子奮力地站了起來，說：「走吧！」

巡守隊一路護送著Tiyao王子下山，沿路都被在山裡工作的村民看見了。身為村落共主的Tiyao王子竟然屈身揹著村民下山就醫，完全沒有貴族架子，愛護子民的形象深印民心，自然也就到處轟傳著這段佳話啦。

Tanu得知Tiyao在村醫住所，立刻趕了過去，路途中卻親眼目睹了什麼叫「同心協力，共襄盛舉」。他到處看見村民正埋頭苦幹著，刨木的刨木，削竹的削竹，編草的編草，個個奮力地為新建的村落而努力。所有的材料都被放置在海岸山坡的矮木林，為了避免被雨淋壞，村民還用很大很大的草蓆蓋住。Tanu看見了這一切，喜孜孜地準備去向Tiyao王子報告進度。

19.感染怪病

村醫為受傷的村民診療後包紮後，已無大礙。

「傷勢如何？」Tiyao問。

「已經沒有問題了，Tiyao王子。」村醫說。

Tiyao關心地看著受傷的村民詢問道：「還疼嗎？」

「不疼。」受傷的村民說。

Tiyao看著醫療所內村醫們忙著為村民看病、敷藥，嘆氣道：「唉，最近受傷的人不少。」

「病患都是老問題，在海裡被岩石剉傷，在林子裡被刮傷……。不過有件事讓老夫挺擔心的。」一位年長的村醫說。

「什麼事？」Tiyao問。

大夥看著老村醫，拚命眨眼努嘴，示意老村醫不能說出來。

「怎麼都靜下來了？不是有事情要說。」Tiyao王子說。

這個時候有個病患突然咳了一聲，村醫立刻給他把脈診治，醫女們將調製好的藥給他喝下。在醫療所裡有數名這樣的病患待著，Tiyao想向前探望病患的時候卻被老村醫喚住了。

Tiyao覺得有些異樣，問道：「老村醫，這是怎麼回事？」

「Tiyao王子，原諒老村醫無能診治，這些病患得了村民口中的流傳病，多年以前曾經出現過，原以為已經消失的病症，想不到又回來了。」老村醫說。

「是嗎？他們都去過哪些地方？吃過什麼東西？有什麼症狀？」Tiyao王子問。

「這……」老村醫無言了。

「發燒、乾咳，還會冒汗。」一位醫女說。

村醫打斷醫女的話說：「目前村醫們都在想辦法找解藥。」

「Kulau和Kaku知道這件事嗎？」Tiyao又問。

「Kaku下達命令將這些病患和村民隔離，要村醫盡早找到解藥。」老村醫說。

「這麼說起來，大家都知道這件事，為什麼沒有人通知我？」Tiyao王子有些不高興地說。

「因為Tiyao王子要專心準備建立村落的事，這點小事怎麼能讓Tiyao王子操心呢？再說，這裡有村醫們可以照顧啊。」Kaku突然現身說。

Tiyao王子看著Kaku，嚴正地問：「為什麼不告訴我？」

「別為他們操心，遷村的事要緊。」Kaku說。

「要是病情止不住呢？」Tiyao王子皺著眉頭問。

「Tiyao王子，這請你放心，我會遵照古法配藥讓病情控制住，不會影響其他村民的。」老村醫說。

「這麼有把握？」Tiyao王子質疑說。

「放心吧。」Kaku說完又看看村民和村醫，繼續回答說：「我會讓Ipai多找些村裡的女人加入照顧的行列。」

就在這個時候，Tanu正好走進來，感覺醫療所氛圍有些異常，打算轉身退出去。

「Tanu，你是不是有什麼事要找Tiyao王子？」Kaku看見了叫住他。

Tiyao王子看著Kaku沒說話，Tanu掉頭走回醫療所，說道：「是的，建村的工具和材料都準備好了，在等Tiyao王子驗收。」

「是這樣啊。」Kaku看著Tanu說。

Kaku又轉向Tiyao王子，等著他的回應。

「知道了，我這就去。」Tiyao說完之後，看著村醫所，又看看Kaku說：「要是病情無法控制住，一定要告訴我。」

「我知道。」Kaku說。

Tiyao王子聽了點點頭後就離開了醫療所。Kaku看著Tiyao王子和Tanu離開後，突然對老村醫看了一眼，眼神滿含著責備意味。

老村醫說：「Kaku，病患越來越嚴重了。」

「什麼？你剛才不是說有辦法醫治？」Kaku說。

「這……」老村醫說不出話來。

「為什麼會越來越嚴重？」Kaku著急地問。

「村民一個個到山谷、河谷去砍柴、捕魚和打獵，很多人都感染了，輕者拿了藥回家休息，重者就留在醫療所。」老村醫說。

「不管怎麼說，Tiyao王子現在忙著建村的事，不能再煩他了，你們一定要盡快找到解藥。」Kaku囑咐說。

「是。」村醫說。

面對村民突發的怪病，Kaku希望能用自己的力量去解決，沒想到病情卻越來越擴大了，Kaku要用什麼方式使病情消失呢，他會自己去試藥嗎？

20.村落間互不往來

Tiyao王子默默地檢查所有的建村工具，靜靜地看著村民忙碌地工作，發現了一個特殊現象，所以忍不住問道：

「咦，大家建造新村落時為什麼要分兩邊呢？」

Tiyao王子看著村民，心想大家已經夠辛苦了也就沒有再問下去，但是仍感覺有些不對勁。然而紙終究是包不住火的，隱藏的祕密總有被揭發的一天。

某日，有個Hi-Fumashu村的村民從山上下來，經過了Torobuan村村民的工作地方時卻被趕了出去，兩邊的村民也因此互嗆了起來。Tiyao王子正在沙灘上看著海中和橋上往來的村民，Tanu趕緊趁著Tiyao王子不在的時機撫平村民的情緒。

這個時候，Anyao也來到了現場。

「這怎麼回事？」Anyao看著兩村村民吵成一團，不解地問。

「Anyao，趕快幫忙勸開，Tiyao王子正在沙灘那邊，千萬不能讓Tiyao王子知道這件事。」Tanu一邊拉開村民，一邊說。

「喔，知道了。」Anyao說著也加入混亂現場。

「大家再鬧，就罰跑山路二十圈。」Anyao大聲斥責地警告說。

村民聽了才心有不甘、臉色難看地閉上嘴巴，零零落落地各自回到自己的工作區域。

原先，Tiyao王子在沙灘上突然聽見混亂的嘈雜聲，於是回頭往山坡走去。

「Anyao，多虧你幫忙，我還真不知怎麼處理這些村民。」Tanu說。

「說什麼客套話，這些村民也真是的，為了一個流傳病就鬧得兩村戶不往來。」Anyao說。

「這也不能怪村民，誰都怕啊。」Tanu說。

「你說Tiyao王子找我為了什麼事？」Anyao問。

Tanu遲了一會才想起來說：「對喔，Tiyao王子找你。現在我們一起去找王子吧。」Tanu說。

「我已經來了。」Tiyao王子出現在兩個人面前說。

「Tiyao王子。」Tanu和Anyao瞪著大大的眼睛說。

Tiyao王子看著山坡上矮木林，問道：「Tanu，剛才是不是發生什麼事？我怎麼好像有聽見吵鬧的聲音。」

「剛才……沒有啊。」Tanu猶疑不安地說。

「是嗎？」Tiyao王子邊看四周邊說。

Tanu向Anyao使了一個眼色，Anyao趕緊接口說：「王子，我就從那邊過來的，什麼事也沒發生，有也是村民為了幾隻山豬在吵鬧而已。」

Tiyao王子笑笑地說：「每個人每天都在為糧食爭奪。」

Tiyao王子說完就大踏步往沙灘走過去了。Tanu這才嘆了一口氣也鬆了一口氣。Anyao和Tanu二人一會兒也快步跟上，跟在Tiyao王子後面走。

「王子，現在要回村落嗎？」Tanu問。

「Anyao，你知道Baagu村在流傳疾病的事嗎？」Tiyao王子突然停下腳步問。

「王子，這……」Anyao嚅嚅囁聶說不出來。

「村醫們正在找尋新藥控制病情，你要多多協助Kaku，有什麼事一定要告訴我。」Tiyao王子又說。

「知道了。」Anyao趕緊答話。

Anyao看著Tanu，Tanu給他一個無奈的表情。

三人繼續往前走時，Tiyao王子看到從橋那頭走向橋這頭的村民走到橋中央就站住不走了，只是將貨物放在橋上等待對岸村民來交接。Tiyao王子發現排在橋上等著交換貨物的村民很多，不僅如此，他同時也發現到兩邊沙灘上的村民在海上不越中線地划著船。

「這是怎麼一回事？兩邊的村民什麼時候變得這麼生疏了，以前不都是在海上有說有笑的，橋上也熱熱鬧鬧的，現在怎麼大家都變陌生了，這是怎麼一回事？Tanu，你能告訴我原因嗎？」Tiyao王子納悶地說。

「大概是村民聽到村落有災難，所以不敢說說笑笑了。」Tanu找一個藉口搪塞說。

「是這樣，那是我的錯。不但沒有辦法讓村民安心地生活下去，甚至個個臉上還帶著一絲恐懼，唉！」Tiyao王子深感自責地說。

「Tiyao王子……」Anyao想安慰又不知說什麼。

Tiyao王子向沙灘靠近，這個時候有一個從Torobuan村走上橋的村民拉著一個從Hi-Fumashu村的村民對著他大聲說：

「你想害我們全村都沒命啊，竟然跑過來。」

眼見老村民跪地求饒，Torobuan村村民想打老者卻被Hi-Fumashu村村民制止了，兩邊村民間互嗆了起來。

「說好了不能過橋，這怎麼辦？」Torobuan村民理直氣壯地說。

Hi-Fumashu村民只好帶著他離開，才平息了Torobuan村的怒氣。

Tanu和Anyao看見這一幕，忍不住異口同聲說了一句：「完了！」

Tiyao王子轉頭看著他們，皺著眉頭，神色嚴肅。Tanu和Anyao趕緊閉上嘴巴，深怕洩漏出什麼。Tiyao王子往村民方向走過去，想弄清事情的真相。

「你怎麼可以過去？」有一個村民責備老村民說。

「我只是想到Torobuan村看看我的女兒啊。」老村民委屈地說。

「不會等風波過了再過去嗎？」另一村民說。

「各位村民，我是Tiyao，有誰可以告訴我剛才發生什麼事嗎？為什麼大家都不過橋。」Tiyao王子說。

「不是我們不過橋，是Torobuan村民不讓我們過橋。」年輕的少年說。

這時候海上的舢舨船都靠過來了，其中一個小孩不小心撞到了Torobuan村的舢舨船，卻引來村民的回嗆，無辜的孩子兩隻眼睛水汪汪的看著大人們爭吵。

「這是怎麼一回事？以前兩村不是往來得好好的，為什麼現在大家都變得這麼陌生，互不往來？更何況大家還要一起建造新村落。」Tiyao王子說。

「建村落？Hi-Fumashu村和Tamayan村一起建，Torobuan村自己建自己的。」船上有個村民說。

「你住哪個村？」Tiyao王子問。

「Torobuan村。」船上有個村民說。

「Tanu，Anyao，你們兩個誰要告訴我事情的真相？」Tiyao王子突然轉頭對著Tanu和Anyao說話。

Anyao和Tanu兩個人突然呆住了，噤若寒蟬。

一個老村民走出來說：「Anyao，你到現在都沒告訴Tiyao王子，村裡發生什麼事嗎？」

「你還期待Kaku會幫大家解決問題？Tiyao才是村落王子，你不告訴Tiyao王子，叫大家怎麼安心過日子？」一名婦人說。

「看來事情真的很嚴重。」Tiyao王子皺眉說。

「Tiyao王子，我……」Anyao支吾其詞。

「你說這是怎麼回事？」Tiyao王子對著老村民說。

「Baagu村和Hi-Fumashu村都得了流傳疾病，村醫說病情越來越嚴重，輕一點的就在藥鋪拿藥回家養病，嚴重一點的都在醫療所讓村醫照顧著。村民就是怕被傳染所以才互不往來，連我要去Torobuan村看女兒都被趕了出來。」老村民說。

「不是都控制住了嗎？」Tiyao王子說著轉頭看向Tanu。

「控制不了的，有人是病好了，可是隔天又變成另一個人患病了。村民也因此認為只要把病傳給別人，自己的病就好了，這樣大家才會怕。」一個婦人說。

「Tanu，去把三個村的村醫都找來，Torobuan村的村醫也一起找來，全部都到龍王廟去。Anyao，找大祭司過來。」Tiyao王子吩咐道。

「是，王子。」Tanu和Anyao齊聲說。

此時村民才面露微笑，但也議論紛紛，究竟Tiyao王子要怎麼做呢？

21.Tiyao王子的抗病計畫

從村醫所回到集會所的Kaku突然接到巡守隊的報告，說Tiyao王子已經知道流傳疾病的事，正在龍王廟召集所有村醫。Kaku一接到報告趕緊動身前去，想知道Tiyao王子有什麼打算。

Kaku離開集會所在通往龍王廟路上的市集遇見了Kulau。

「你都聽說了，難道你也是要去？」Kaku問。

「能不去嗎？聽說大祭司都趕過去了。」Kulau答說。

「大祭司？……」Kaku有點不解地說。

「原本以為可以替Tiyao王子分擔一些事情，沒想到越弄越糟，反而造成村落之間的互相排擠，我真是越幫越忙。」Kaku自責地說。

「這也不能怪你，事情會發展到這種情形，誰也不能預料。」Kulau溫言安慰說。

「我早就告訴你，應該早些告訴Tiyao王子，你就是不肯。」Ipai突然出現插嘴說。

在Ipai的身邊還有Wban和Basin兩個人。

「你們也要去龍王廟？」Kulau問。

「還有我們。」Avas和Ilau同時說。

「Avas，你怎麼在這？」Kaku驚訝地說。

「是我找Avas跟我一起研究解藥的。」Ipai說。

「那還等什麼？現在就一起去龍王廟吧。」Kulau說。

一行人浩浩蕩蕩地往龍王廟出發了。

村醫們在接獲通知之後都各自帶著藥譜前去，大祭司早已在祭司府算出了Tiyao王子的行動，因此也帶著簡便的法器和小祭司一起到龍王廟。

龍王廟外，Tanu和Anyao兩個人面對不發一語的Tiyao王子著實謹慎了起來，Tanu和Anyao兩個人靜靜地站在Tiyao王子身旁，不敢亂說亂動。

Tiyao王子皮笑肉不笑地看著他們說：「你們兩個在幹什麼？發生這麼大的事，竟然還不肯告訴我。」

「Tiyao王子……」Tanu和Anyao話說了一半接不下去。

「以後再發生這樣的事，你們也不用再跟在我身邊了，我也不再當你們是朋友了。」Tiyao說。

「王子。」Tanu輕聲說。

「不要叫我。」Tiyao王子說。

Tanu看著Anyao，Anyao也看著Tanu，Tiyao王子則看著空曠的大沙灘。

村醫們已陸陸續續來到龍王廟，每個人都提著一個木箱。

Tiyao王子這時才走進龍王廟，環視眾人之後問說：「大家都到齊了？」

「是的，王子。」老村醫說。

「你們都跟我來。」Tiyao王子說完就走出龍王廟。

Tiyao王子在龍王廟附近找了一根細木棍，然後在地上寫了幾個字。村醫們湊近一看都大感訝異，嘖嘖稱奇。

Tiyao王子收起細木棍對Tanu和Anyao說：「你們在這裡等大祭司來到，讓大祭司照著地上寫的去做。」

「那王子要去哪裡？」Tanu問。

Tiyao王子看著山坡上的小木屋說：「那裡，村醫們會跟我到那裡去。在我還沒有離開小木屋之前，任何人都不能進來小木屋。」

「王子！……」Anyao擔心得不知該說什麼。

「我們走吧。」Tiyao王子對著村醫們說。

Anyao和Tanu看著Tiyao王子和村醫們往小木屋走過去，一時手足無措。

「現在怎麼辦？」Tanu問。

「怎麼辦？多派些人手看守小木屋。」Anyao說。

於是Anyao和巡守隊交談著，巡守隊立刻聯繫其他隊員。

22.神秘山洞

山谷中幾個嬉戲的小孩正在玩探險遊戲，正玩得不亦樂乎。

「你們想不想去？」一個高瘦男孩說。

「去哪兒呀？」所有的孩子同聲說。

這高瘦男孩一臉神祕地看著大家，故意賣關子，沒有馬上回答。

胖胖男孩說：「你該不會又想去了？」

「你說對了。」高瘦男孩說。

高瘦女孩說：「你們要去那裡？」

「去山洞。」胖胖男孩說。

「什麼？那個神祕山洞？」瘦小男孩說。

「我不要去。」瘦小女孩說。

「我也不要去。」大家異口同聲地說。

「怕什麼？那個山洞說不定有什麼好東西可以治療流傳疾病的。」高瘦男孩說。

「你怎麼知道？」瘦小男孩說。

「很多神仙不都住在山洞裡嗎？如果我們找到他，求他來解救村民，我們可是立了一大功勞呢。」高瘦男孩說。

所有的人都沒說話，直瞪著眼睛看著高瘦男孩。

「你們到底去不去？」高瘦男孩又問。

大夥搖搖頭，胖胖男孩說：「要是神仙碰不到，反而遇到妖怪怎麼辦？」

「是啊，遇到妖怪怎麼辦？」瘦小男孩說。

「什麼？有妖怪？」瘦小女孩害怕地說。

「算了，你們不去，我自己去。」

高瘦男孩說完，就自己往神祕山洞方向走，留下一群孩子互相看來看去。

「人都走了，我們怎麼辦？」胖胖男孩說。

「當然回村落，我才不去咧。」瘦小男孩說。

「我們去。」高瘦女孩說。

「咦？」瘦小女孩驚呼。

「我們總不能留他一個人在山上吧！」高瘦女孩說。

「對喔！」瘦小男孩說。

於是一群孩子躡手躡腳地往山洞方向去了。

在神祕山洞口外張望的高瘦男孩看見夥伴們全都來到自己的身旁，大感驚訝地說：「你們？你們怎麼來了？」

「眼睛瞪這麼大做什麼，我們不會丟下你一個人的。」瘦小男孩說。

高瘦男孩一聽咧嘴笑了。大家伸出手互握，表示團結。

「有什麼發現？」高瘦女孩問。

「沒有。」高瘦男孩說。

「再等等看。」瘦小男孩說。

「那是什麼？」胖胖男孩發現一個小石人出現在洞口。

大夥小心翼翼地往洞口看過去，小石人發現了他們立刻發出叫聲，結果洞裡跑出更多小石人。

「這是什麼？」瘦小女孩說。

小石人向這群孩子展開攻擊，高瘦男孩帶著大家反擊。不一會兒，洞口外的溪谷出現一個大巨人發出巨響，小石人很快地跑過去了。

「那是什麼聲音？」高瘦女孩說。

「走。」高瘦男孩說。

孩子們跟著小石人的後面走，走到了溪谷，果然發現在大石頭上站著一個大巨人。小石人向大巨人身上靠近，大巨人伸出大手掌在岸邊草叢一掃而過，孩子們行蹤暴露，害怕的孩子們蜷縮在一起。大巨人又用另一隻手掌將孩子們抓起來，孩子們拚命掙扎想逃脫，只有胖胖男孩和瘦小女孩兩個人沒被抓住，於是二人拚命地往山坡上逃。大巨人將其他被抓到的孩子都放在溪谷的大石頭上，沒有傷害它們，小石人則開始跳到溪流裡玩耍。

瘦小女孩和胖胖男孩遠離山谷，在山坡上遇到村民和巡守隊。巡守隊立刻趕往溪谷察看究竟，果然看見大巨人坐在石頭上，村民馬上喊著孩子們的名字，大家心裡都焦急得不得了。這時，大巨人把手放在溪水上掀起一陣巨浪，嚇退了村民和巡守隊。

「你們兩個還跑得動嗎？」巡守隊對胖胖男孩和瘦小女孩說。

「什麼？」胖胖男孩傻呼呼地問。

「聽好，什麼都不要想，立刻跑到龍王廟把這裡的情形告訴Tiyao王子，記住一定要親自告訴王子喔。」巡守隊說。

胖胖男孩點點頭，表示了解。於是，胖胖男孩和瘦小女孩頭也不回地跑著，一門心思只想趕緊找到Tiyao王子。

突然，瘦小女孩跌倒了，胖胖男孩趕忙扶起她，關心地問：「要不要緊？」

「你趕快去告訴Tiyao王子，不要管我。」瘦小女孩說。

「怎麼可以？我不能丟下你一個人。」胖胖男孩說。

胖胖男孩看了一下四周，很高興地說：「我們走下面好了，穿過這個沙灘就到龍王廟了。」

瘦小女孩站直了身子看著山下的沙灘，覺得似乎不太難，於是胖胖男孩牽著瘦小女孩的手穿過草叢往沙灘上走去了。

23.山谷有巨人妖怪

大祭司來到龍王廟，沒有看到Tiyao王子和村醫們，於是問道：「Tanu，Tiyao王子呢？」

Tanu沒有立刻回答，倒是告訴大祭司說：「大祭司，請你過來看看這個。」

Tanu指著龍王廟外地上Tiyao王子留下來的字跡。

「村落災難。」大祭司重複唸了一次。

「Tiyao王子說，你看了就會明白。」Tanu說。

「大祭司，王子說什麼？」Anyao問。

大祭司掐指一算，露出驚訝的表情。此時，Kaku、Kulau、Ipai等人都來到了龍王廟，Tiyao王子留在地上的字跡讓眾人吃驚一場。大祭司吩咐小祭司把地上的字跡抹掉。

Kaku看見這一幕，就說：「大祭司，怎麼了？沒問題吧？」

「放心，Tiyao王子只是要我祭拜一下龍王，希望龍王能替村民走出此次的災難。」大祭司說。

大祭司說完就走進龍王廟，拿出簡單的法器開始唸咒語，小祭司把竹籃裡的果子和餅食放在桌上。

大祭司屈身三拜，然後說：「大功告成了。」

「沒問題了，龍王答應保佑村民渡過這次危機，不過，Tiyao王子要大家從今以後村落之間應該不分彼此，同心協力。」大祭司繼續說。

一行人在龍王廟等待Tiyao王子和村醫的同時，在小木屋裡的村醫們正忙著把這些天的病患狀況和用藥一一寫在竹簡上。

Tiyao王子看了竹簡以後，頗感安慰地說：「看來，這病情是可以控制的。」

「最難控制的是人心，病患的心。」老村醫說。

「我知道，只要有人害怕就醫就不好了。」Tiyao王子說。

「你們就照現在的方式繼續找解藥，直至找到為止。不只是解藥，還要有預防的藥。」Tiyao王子繼續說。

「預防的藥？」一位村醫不解地說。

「是啊，能夠讓村民不易患病的藥。」Tiyao王子說。

村醫彼此互看了一下，表情有些為難。

「當然不是現在。醫病救人是醫職，讓村民要怎樣愛護自己的身體是天職，我相信你們都能做得到。」Tiyao王子說。

「是。」村醫們異口同聲地說。

Tiyao王子站了起來，說：「我們也該回龍王廟了，不要讓大祭司他們等太久。」

村醫和Tiyao王子一起離開小木屋，在前往龍王廟的途中看見Tanu和Anyao兩個人。

「Tiyao王子。」Tanu打招呼說。

「你們怎麼在這兒？不是該在龍王廟嗎？」Tiyao王子驚訝地說。

「大家都在等你，Avas夫人也來了。」Anyao說。

「Avas也來了?!」Tiyao王子說完，立刻快步向龍王廟走去。

此時在一旁的胖胖男孩和瘦小女孩聽見了他們的對話。

「Tiyao王子就在前面。」胖胖男孩說。

「那你趕快跑過去。」瘦小女孩說。

「你怎麼辦？」胖胖男孩說。

瘦小女孩看著胖胖男孩，聳聳肩，沒說話。胖胖男孩靈機一動，在地上滾了一圈又大叫，然後看著瘦小女孩。瘦小女孩被嚇哭了，大叫著胖胖男孩的名字。胖胖男孩在地上哀聲大叫，這一叫果然驚動了Tiyao王子。

Tiyao王子停下腳步，說：「什麼聲音？」

Tiyao王子說完一轉頭四處張望，看見胖胖男孩躺在地上，瘦小女孩在旁邊傷心地哭著。

「王子，是村裡的小孩。」Anyao說。

Tiyao王子向胖胖男孩走近，眾人也跟上前去。

「小朋友，發生什麼事？」Tiyao王子說。

瘦小女孩和胖胖男孩看著Tiyao王子，有點畏懼，兀自瞪大眼睛沒說話。

「你們兩個膽子真大，竟然敢在這裡裝病阻擋Tiyao王子。」Anyao訓斥著他們說。

「沒關係。」Tiyao王子制止了Anyao的話。

Tiyao王子蹲下來看著瘦小女孩說：「告訴我，他為什麼要裝病？」

「因為我的朋友……」

瘦小女孩話說了一半，一位村醫走出來說：「Tiyao王子，對不起，這孩子是我的兒子，冒犯你了。」

村醫立刻把胖胖男孩拉起來並且要他向Tiyao王子賠罪。

Tiyao王子站起來說：「好了，孩子會這麼做，一定有原因

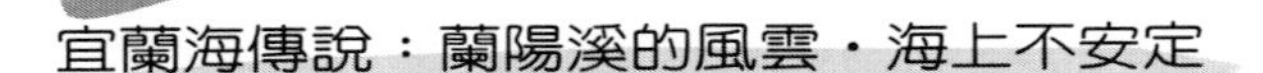

的。乖，你現在可以告訴我發生什麼事了嗎？」

Tiyao王子看著村醫又看著胖胖男孩，胖胖男孩看著村醫父親又看著瘦小女孩。

「山谷那邊有妖怪，我們有幾個小朋友都被妖怪抓去了。」胖胖男孩鼓起勇氣說。

「有妖怪？」眾人交頭接耳議論紛紛起來。

胖胖男孩的父親以為孩子亂說話，舉起手來想打孩子，教訓一下。

胖胖男孩趕快說：「父親，真的有妖怪，是一個大巨人和很多的小石人。」

「是真的，大巨人手掌這麼大，牠一個手打在水裡，那溪水立刻就變成大水柱。」瘦小女孩用手比劃了一下補充說著。

眾人聽了感到十分吃驚。

Tiyao王子站在胖胖男孩和瘦小女孩前面，又問：「多少人被大巨人抓去了呢？」

「三個。」胖胖男孩回答說。

「你們能帶我去那山谷嗎？」Tiyao王子問。

胖胖男孩和瘦小女孩露出笑容點點頭不約而同高聲說：「可以！」

「Tiyao王子，我們不回龍王廟了嗎？」Anyao說。

「村裡出現妖怪非同小可，我要去看看，你們先回去做自己該做的事。」Tiyao王子對村醫們說。

「Tanu，帶著弓箭，召集巡守隊跟我一起去。Anyao，你負責回龍王廟去告訴大祭司和Kaku好好安撫村民，其他人各自回到村落。」Tiyao王子囑咐其他人說。

Tiyao王子交代完各事後看著Anyao、Tanu，二人很有默契地點了點頭，心領神會。

Tiyao王子抱起瘦小女孩對胖胖男孩說：「你現在可以帶我去找大巨人了。」

胖胖男孩立刻跑到前面帶路，留下來的人仍驚疑參半，議論紛紛。

Tanu說：「就照Tiyao王子說的去做吧！」

Anyao往龍王廟，村醫們各自回家，沙灘上留下幾隻緩緩爬行著的長腳蟲。

24.龍王廟裡的等待

山坡上飛鳥不斷來回穿梭，海面上浪紋隨著風勢或大或小地變化著，天地之間如此靜謐，又如此動盪。

龍王廟裡，眾人仍坐立不安地等待著Tiyao王子的消息。

Kaku終於按捺不住了，對Ilau說：「Ilau，你先陪著Avas回村落去吧。」

「我要等Tiyao回家。」Avas說。

「都這麼久了，怎麼一點消息都沒有。」Ilau說。

「大祭司，不會有問題吧？」Kaku說。

「Wban，你和Ipai先回去，村落不能沒人在。Avas、Ilau你們也是，大家都在這裡，要是村民有什麼事會找不到人聯絡的。」Kulau說。

「是啊，我看你們還是先回去好了，我讓巡守隊送你們回去。」Kaku說。

Basin東張西望地看著，似乎在找誰。

「Basin，你在看什麼？」Ilau問。

「我在找Anyao和Tanu，怎麼沒看見他們？」Basin說。

眾人這才想起來，互相看來看去，都覺得事有蹊蹺。

「怎麼會不在這裡呢？」Kulau也說。

「也許他們去了小木屋，再等等吧！」Kaku說。

當Ipai和Wban等人準備離開龍王廟的時候，突然看見低著頭的Anyao還有幾個村醫走進門來。

「你們回來了。」Wban打招呼說。

Anyao看見大夥都在龍王廟，露出了笑容向大家點頭致意。

「Anyao，怎麼只有你們幾個？其他人呢？Tiyao王子在哪裡？」Kaku向前走了幾步，連珠炮似地發出問題。

「他們都回去了。」Anyao說。

「什麼？回去了？Tiyao也回去了？」Avas驚訝地問。

「Tiyao王子要大家先回村落，晚上之前不要出門，還特別交代Kaku和大祭司繼續安撫村民的心。」Anyao說。

「Tanu是不是跟Tiyao王子在一起？」Ilau擔心地問。

「大祭司，你就算一算吧！」Anyao說。

「是不是又發生什麼事？」Kaku說。

大祭司掐著手指算著，似乎感受到一股不安的氣息。

「Kaku，現在叫大家趕快回村落，照Tiyao王子說的安撫村民，保護村落。」大祭司說。

大祭司講完話，Anyao這才慢慢說出山谷出現大巨人怪物的事情，還說怪物抓走了小孩，Tiyao王子正在趕去山谷救孩子。眾人聽了，一時之間都嚇傻了。

「我要去找Tiyao王子。」Avas著急地說。

「不行，你得回村子，Tiyao王子特別交代的。」Anyao說。

「原來有這等事啊？那就照剛才說的，讓巡守隊護送女人們先回村子。現在天快晚了，大家也該回家休息了，剩下的我和大祭司會處理。」Kaku說。

「我也留下來好了。」Kulau說。

Kaku對Kulau點點頭，然後看看大祭司，又看著其他人。不一會兒，該離開的都離開了，龍王廟又恢復了平靜。

25.Avas憂慮不安

Avas站在礁岩旁望著大海，心裡想著一連串畫面。Tiyao王子告訴她，成為村落共主後不能時時想到她，如今她終於明白Tiyao王子的話的涵義了。既然Tiyao無法待在她身邊，那她就去陪著他。「對，就該這樣！」Avas如此下定決心，於是一心想過橋去找Tiyao王子。

Ilau卻伸手一把拉住Avas將她攔了下來，說：「你要去哪兒？」

「我要去找Tiyao。」Avas眼神堅毅地說。

「不可以，要是連你都出事了，你叫我怎麼跟Tiyao王子交代?!」Ilau說。

「Ilau。」Avas無奈地看著她。

兩人僵持不下，最後Avas只好跟Ilau回到村子。Ilau親眼看著Avas回到家才放下心，並再三交代巡守隊千萬別讓Avas離開村子。

Avas在家裡坐著，不安地等待著。當她想要起身的時候突然肚子一下陣痛起來，Avas摸摸自己微凸的肚子說：

「孩子，你也在擔心爸爸是不是？媽媽跟你一起在家等著爸爸回來。」

Avas眼睛望著黑漆漆的屋外，嘆了口氣。不知怎的，Avas心裡

一直忐忑不安，擔心會有什麼不好的事發生。。

26.殺不死的小石人

大巨人把小孩抓在手上看看，一會兒又放在大石頭上。

「我們快要變成牠的玩具了。」瘦小男孩說。

「我要回家。」高瘦女孩哭著說。

「你們安靜點。」高瘦男孩不耐煩地說。

河岸上的村民無奈地看著大巨人和小石人在河底玩耍，巡守隊隊員們圍成一排，隔開了村民。

胖胖男孩來到河岸邊說：「就是這裡。」

Tiyao王子放下瘦小女孩，看著河床上的大巨人和三個小朋友，驚訝地說不出話來。此時村民走過來告訴Tiyao王子所有的情況，Tanu看到這情況也很意外。Tanu看著Tiyao王子慢慢地靠近河邊，小石人原本高興地在河床玩耍，一看見Tiyao王子走近就後退到大巨人的身邊。大巨人伸出大手掌拿起一塊大石頭高高地舉起然後放下，溪水頓時濺起一條水柱濺濕了Tiyao王子和所有人。

Tiyao王子說：「大巨人，放了這些孩子。」

大巨人似乎不領情地繼續坐在大石頭上，小石人也繼續在溪邊玩耍。不一會兒，小石人開始發動攻擊。小石人蜂擁上了岸，Tanu和巡守隊立刻拔出長刀，小石人被砍之後竟恢復了原形。

「Tiyao王子，這些小石人是殺不死的。」村民說。

Tiyao王子示意大家後退在一處土丘上。

「你們是在哪裡發現小石人的？」Tiyao問胖胖男孩說。

「有一個山洞裡。」胖胖男孩說。

「什麼？山洞？你們去過神祕山洞？」一個婦人高聲驚駭地說。

「那地方從來都沒有人去過，唉呀，你們這些孩子！」一名村民搖搖頭嘆氣說。

「你可以帶我去山洞嗎？」Tiyao王子說。

胖胖男孩點點頭。

Tiyao王子又對Tanu說：「找人先封鎖這裡，在我回來之前，不要讓村民接近，現在就護送這些村民回去。」

「是，可是孩子們？」Tanu說。

Tiyao王子看著Tanu和胖胖男孩說：「大巨人暫時不會對孩子們造成傷害，你可以帶路了。」

胖胖男孩拔腿往山坡上走去，瘦小女孩也跟著去，Tiyao王子跟上前。

Tanu看著Tiyao王子的背影，吩咐大家說：「你們就照Tiyao王子說的，回去等消息。」

眾人此刻也只能選擇相信，聽從吩咐了。Tanu看著村民都離開後，留下巡守隊看守著，自己也跟著Tiyao王子的腳步往山洞走去。

27.仙人搭救

Tiyao王子一邊趕路，一邊撥開比胖胖男孩還高的雜草，搖頭實在不敢相信這群孩子竟然會到這樣一個村民從不曾涉足的地方。

「你確定是這個方向嗎？這條路雜草長得比你還高呢。」Tiyao王子說。

「是這裡沒錯。」胖胖男孩說。

瘦小女孩看著前面一棵大樹說：「我記得是這裡。」

胖胖男孩看著樹幹上的記號，也點點頭。Tiyao王子嘖嘖稱奇，很驚訝在一連串的雜草背後竟然有這麼寬大的一片樹林。

「快過來。」胖胖男孩對Tiyao王子說。

「這孩子真沒禮貌。」Tanu說。

Tiyao王子笑笑地往胖胖男孩方向走去，果然在一處草叢後面看到一面山壁，山壁有一個洞口。胖胖男孩和瘦小女孩從草叢走出來，Tiyao王子和Tanu也來到山洞口。

「就是這個山洞。」胖胖男孩說。

胖胖男孩和瘦小女孩看著山洞，不久從山洞裡跑出一堆小石人，兩人很快地躲在Tiyao王子身後。小石人看見了Tiyao王子後就停下了腳步，然後迅速地轉身走進了山洞。

Tiyao王子看著山洞，向背後伸手說：「長刀給我。」

Tanu將自己手上的長刀拿給Tiyao王子，Tiyao王子接過長刀說：「你們在這裡等我。」

Tiyao王子慢慢走進山洞，Tanu看著他從山洞口走進去，胖胖男孩和瘦小女孩兩人抱在一起看著山洞口。當Tiyao王子完全走進山洞的時候，從山洞的上方突然降下一道石壁將洞口封住，胖胖男孩和瘦小女孩立刻跑向前捶打石壁，但怎麼推，怎麼敲，山壁依然緊緊地黏住了洞口。

「怎麼辦？Tiyao王子在裡面。」胖胖男孩說。

胖胖男孩和瘦小女孩坐在地上非常擔心。Tanu推著山壁，這座山壁堅固得很，束手無策的Tanu也坐在石頭上懊惱著。

胖胖男孩突然說：「我要回去找人幫忙。」

瘦小女孩看著他，胖胖男孩站起來，瘦小女孩和Tanu也跟著站起來，要離開山洞之前，三個人都被打昏了，然後冒出一陣煙霧籠罩整個山洞，胖胖男孩和瘦小女孩以及Tanu三個人都消失了。

在煙霧中三個人聽見仙人說的話：「回到村裡什麼事都不能對別人說，否則將會遭到不幸。」

Tanu和胖胖男孩以及瘦小女孩墜落在村民往來的山路上。Tanu在一陣風吹過之後醒來，有些背疼，看看身邊的兩個孩子，立刻叫醒他們。

瘦小女孩醒來看著四周，胖胖男孩說：「我們回到村落了嗎？」

「算是。」Tanu說。

胖胖男孩四處尋找張望，瘦小女孩問：「你在找什麼？」

「Tiyao王子，他回來了沒有？」胖胖男孩說。

「聽你這麼一說我好像在夢中聽到有人說話。」瘦小女孩說。

「什麼？有人說話，是不是叫我們不能說出去，否則會遭到不幸？」胖胖男孩說。

瘦小女孩看著胖胖男孩，兩人一起看著Tanu。

Tanu對他們說：「Tiyao王子走進山洞失蹤的事一定是天神的安排，所以我們不能說出去，否則會觸犯天神。」

「我想去找我那些朋友。」胖胖男孩說。

「不行，現在先回家。」Tanu說。

三個人起身走下山，發現大巨人抓走的三個孩子已經回來了。

瘦小男孩對胖胖男孩說：「大巨人消失了，小石人也不見了。」

「是你救了我們。」高瘦男孩說。

「是Tiyao王子救了你們。」胖胖男孩說。

「對。」高瘦男孩說。

一群孩子立刻忘記了剛才經歷的事情，很快地又玩在一起了。

28.再次進山探險

大巨人和小石人雖然不見了，村裡的人為了避免再次發生遺憾，因此決定當小孩子在溪谷玩耍的時候，必須有大人的陪伴。

Kaku和Kulau兩個人在山林間巡視著，一陣溪谷的風吹來，溫柔地吹拂著他們的臉，彷彿被所愛的人的纖纖玉手撫摸著。

「這裡的空氣不比海邊的差，清新又舒服。」Kaku說。

「都是這片樹林的功勞，不僅僅是村民的休閒去處，同時也是生活的依靠。」Kulau說。

「從我們先祖開始就在這一片山林生活了，我們也從小在這裡成長，山谷中的一切再熟悉不過了。」Kaku說。

「可是，這一片山林也可能是建新村落的地方。」Kualu說。

「新村落要在這裡建立？」Kaku說。

「巡守隊報告說Tiyao王子之前曾在這一帶勘察、查訪，山谷這裡或溪谷那裡都有可能。」Kulau說。

「是啊，一旦離開海邊，要找到水源就屬於山溪河流流經的地方了，從大山流下來的河床最適合捕撈魚蝦了。」Kaku說。

Kulau看著山谷久久沒有說話。

「不過這一陣子也沒瞧見Tiyao王子了，不知他在忙些什麼？」Kulau突然開口說。

「自從大巨人在溪谷消失，小孩子們也都救回來了之後，就一直沒看見他，我們去看看他好了。」Kaku說。

當Kaku和Kulau要往海岸走下去時，卻看見一群小孩往山林裡走去。

「快，快走啦！」瘦小男孩說。

「你們真的要去？」胖胖男孩說。

「去看看山洞還有沒有新鮮事。」瘦小男孩說。

「不好，萬一又碰到上次那樣危險的事怎麼辦？」高瘦女孩說。

「你說的也對，不過我們不會進去，只是在草叢外面看看就好了，一有問題就趕快跑。」高瘦男孩說。

「這樣沒有問題嗎？」高瘦女孩擔心地說。

「有問題。」Kaku突然冒出這句話嚇住了孩子們。

Kaku巡視著每一個孩子的眼睛，表情嚴肅。

「你們還要惹出多少麻煩？難道不知道Tiyao王子還有很多事情等著他去決定、去做？你們這些小鬼只會成天惹麻煩。」Kaku訓斥著孩子們。

「我們只是想看看大巨人和小石人是不是還在山洞裡，會不會再出來害人？」瘦小男孩說。

「真的？」Kaku說。

孩子們點點頭，當中只有胖胖男孩和瘦小女孩默默地搖頭，他二人倆很快地交換了一下眼神，沒有被發現。

Kaku看一看四周，今天是晴空萬里、百鳥齊飛、萬獸齊奔的好日子，因此他的心情似乎也輕鬆了起來。

「既然你們這麼想去，那我就陪你們一起去吧。」Kaku說。

「真的?!」孩子們喜出望外開心地說。

Kulau驚訝地說：「這怎麼可以？」

「Kulau，讓這些孩子在山上亂跑你放心嗎？有我們陪著，不會有事的。」Kaku說。

「可是……」Kulau話說了一半。

「誰要帶路？」Kaku轉頭問孩子們說。

「我。」瘦小男孩說。

孩子們就這樣蹦蹦跳跳地往山林裡去了，Kaku也跟著走進去。看著Kaku如此任性而為，Kulau既擔心又為難，不得已只好跟著走。

胖胖男孩和瘦小女孩互看了一眼，顯然也是不贊成他們的冒險。

「怎麼辦？」瘦小女孩說。

「你去找Tanu，我跟去看看。」胖胖男孩說。

山風吹拂，鳥叫蟲鳴，深邃的森林也隱藏著深不可解的謎題。

29.Tiyao王子現在人呢？

孩子們帶著Kaku和Kulau尋找山洞，可是，找來找去卻找不到山洞口，只看到一大片山壁，高聳的山壁。

「咦？奇怪了？怎麼會找不到？」瘦小男孩搔著頭說。

「我記得應該是在這附近沒錯的。」高瘦男孩說。

「你們再想想，這山上路很多，會不會走錯了呢？」Kaku說。

「我們在附近再找一找。」高瘦男孩說。

眾人在林木間、草叢裡，就只看見一大片山壁，而且這山壁在草叢的地方就可以看見了，沒什麼特別。

「我記得山洞外有一大片草地，也有一座山壁，會不會就是這座。」瘦小男孩說。

「山壁旁有一個很大的洞口，這裡又沒有。」高瘦女孩說。

高瘦男孩看著躲在一旁的胖胖男孩，靠近他問：「你是不是知道山洞在哪裡？」

「我怎麼會知道？」胖胖男孩說。

Kaku看著一大片森林，攤開雙手說：「找不到就別找了，或許山洞跟著大巨人消失了。」

「Tiyao王子自從那天以後就沒看見了，你說Tiyao王子是不是為了救我們而失蹤了。」高瘦男孩說。

胖胖男孩很害怕地一直張望著，Kaku和Kulau聽到孩子們的對話不免大感震驚，這才發現事情的嚴重性。

「剛才你說Tiyao王子失蹤了？」Kaku對高瘦男孩說。

「是否失蹤並不確定，不過已經很久沒看見Tiyao王子倒是真的，在村落也沒看見Tiyao王子。」瘦小男孩說。

「那我們趕緊下山，回村落。」Kaku說。

就在Kaku和Kulau要帶著孩子們下山的時候，Tanu和瘦小女孩出現了，胖胖男孩趕緊跑到Tanu前面，Tanu摸摸他的頭。

「Tanu，你怎麼來了？」Kaku驚奇地說。

「孩子跟我說你們上山了，所以我就來了。」Tanu說。

「是我太好奇想看看山洞，所以才叫孩子們帶我上山。」Kaku說。

「不過說也奇怪，怎麼找都找不到山洞口。」Kulau說。

「山洞被Tiyao王子封起來了。」Tanu說。

「封起來？」孩子們驚訝地說。

「把山洞封起來，大巨人也就消失了。」Tanu說。

「原來是這樣，那Tiyao王子現在人呢？」Kaku點頭表示了解，但又困惑地追問說。

「封住山洞耗費體力，Tiyao現在在靜養休息。」Tanu隨口編了個連自己也不知能夠瞞多久的理由。

就這樣，Tanu阻擋了眾人的探險之旅，和Kaku和Kaku一起帶著孩子們離開林木草原，回到村落，沿路也順便打野食回家。

30.夢見雨娘和疾風怪

進入山洞之後，Tiyao王子繼續摸著山壁找另一頭出口。因為他身後原本的洞口早已被突然降下來的石牆堵得毫無縫隙，只好沿著山壁往裡面走。Tiyao王子覺得很奇怪，路怎麼越走越長呢？原本以為山洞裡面一定空空如也，什麼都沒有，進來卻看見許多奇花異草和怪石頭。

在昏暗的洞穴裡，蜿蜿蜒蜒走了好長一段路之後，Tiyao王子感覺肚子有些餓。「現在如果有食物可以填飽肚子多好啊！」正當這樣想著的時候，Tiyao王子突然看見眼前出現一排樹木，枝葉茂盛，果實纍纍。

Tiyao王子自言自語說：「咦，這些果子能吃嗎？」

Tiyao王子伸手摘了一顆果子下來，用隨身帶在腰際的刀子切開，聞著果子流出來的汁液，味道香甜，吃了應該不會中毒。Tiyao王子連吃了好幾顆果子，又喝了幾口山壁縫隙流出的水。他心裡暗自思忖著：「這些果子如此甜美可口，連山壁流出來的水都這麼清甜解渴，這裡難道是神仙居所嗎？」

Tiyao王子心裡的話彷彿被這座山的神祇聽見了，於是眼前的山壁就像被無形的大刀砍斲，慢慢劃開了一條線，越來越寬，變成了一條路。Tiyao王子半驚半疑地走上去，繼續尋找出口。說也奇怪，Tiyao王子沿著山壁一路走來看到的都是和之前一樣的果樹，小路兩旁時而出現一些碎花小草，而且空氣裡一直瀰漫著各種好聞的味道，清香宜人。Tiyao王子看見地上有一條小水溝，從山壁上流出來的水順著小水溝流入碎花草地和果樹林。

「難怪這些花朵和果子特別香甜。」Tiyao王子自言自語地說著。

為了尋找出口，Tiyao王子繼續前行，無暇多做停留。不想，幾隻山林虎豹突然出現眼前，在路旁不遠處的果樹下瞪著眼睛靜靜地看著他。怎麼辦？身上除了一把長刀，沒有其他防衛武器。Tiyao王子感覺這些虎豹似乎不想傷害他，他也保持善意，沒有任何攻擊挑釁的行為。突然，一隻豹疾衝過來，Tiyao王子嚇得後退了幾步，仍然保持善意不傷害的行為。兩方靜默對峙片刻之後，Tiyao王子緩緩轉身，小心翼翼地放輕腳步，沿著山壁慢慢前進，一邊戒備地看著這些猛獸，虎豹們也在果樹下凝望著他。這時，突然飄來一陣白色煙霧，阻隔了Tiyao王子和虎豹，Tiyao王子趁這個機會快步疾奔，脫離虎豹可能的攻擊範圍。

Tiyao王子繼續往前走，不知走了多久，突然覺得四肢痠軟，心想：「歇歇腿，休息一下吧。」Tiyao王子癱坐在山壁旁，也許是累壞了，Tiyao王子就這樣歪坐在山壁旁不知不覺地睡著了，還做了個夢。睡夢中，Tiyao王子隱約看見兩個身影，在夢裡心知是雨娘和疾風怪。「山壁上的水好喝嗎？這裡的果子好吃嗎？它們都是用來取代雨水和魚蝦的食物，村落在這裡會有更好的發展。」疾風怪聲音低沉地說。「在你醒來的時候就可以找到好地方了。」雨娘輕柔地說。雨娘和疾風怪一說完話瞬間就消失了。Tiyao王子兀自睡得酣甜。

31.草叢裡的身影

Avas和Ilau兩個人提著木桶，在海邊沙灘上、岩石縫裡採集貝類和海藻，就像其他村民一樣，這是村落裡家家戶戶，每天餐桌上的不可缺少食物呢。傍晚，Avas和Ilau二人提著滿裝海貝、海藻的

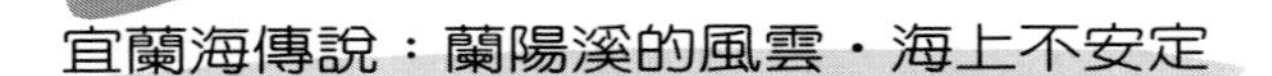

木桶，步履又些蹣跚地準備回市集，途中遇見了Tanu。

Avas看著神情有些落寞沮喪的Tanu，說：「你要去看Tiyao。」

Tanu先是愣了一下，才說：「嗯。」

「Tiyao王子現在到底怎麼了，為什麼不能讓我們去看看他，難道他不知道大家都很擔心嗎？」Ilau說。

Tanu有點心虛卻又故作鎮定地說：「Tiyao王子就是怕大夥擔心，所以才一個人躲起來靜養啊。原諒我，我不能違抗他的話。」

「好啦，沒有人怪你。要是Tiyao王子身體好一點，就讓他早點回來吧。」Avas說。

「是。」Tanu說。

Avas和Ilau兩個人繼續往村落市集走，Ilau突然開口說：「你就這麼信了？」

「什麼？」Avas一時被問得茫然，會意過來之後又看著Ilau說：「如果Tiyao王子真的如傳言中所說的失蹤了，你問Tanu也不會有什麼結果。你記得嗎？以前，Tiyao王子曾經在山裡被風吹走，卻又平安歸來了。所以我相信，Tiyao王子這次可能也是被大巨人帶走了。」

「唉呦，Avas……」Ilau無奈地說，似乎找不到話反駁。

Avas兀自前行，Ilau趕快大步趕上去，繼續並肩一起走。

Tanu目送著Avas和Ilau離開，轉身想去Baagu村，卻又擔心遇見Anyao問他Tiyao王子的事情，於是改變主意，轉往大河方向走去。他順著沙灘、順著海岸礁岩走，不時抬眼望著群山，無限感慨。這裡的山坡曾經留下多少他和Tiyao王子的足跡啊。Tanu走著走著，路上突然跳出兩個小孩，是胖胖男孩和瘦小女孩。

「你們怎麼在這裡？」Tanu問。

「我們從山坡上面下來的。」胖胖男孩說。

「村子很多人問我Tiyao王子怎麼打敗大巨人，問得我好煩。」瘦小女孩嘟著嘴說。

Tanu看著他們，笑笑著說：「辛苦了。」

「所以我們就到這裡來，人也比較少。」胖胖男孩說。

「你們知道從這裡走下去有一個很大的海和大河嗎？」Tanu說。

孩子們搖頭表示不知道，Tanu於是童心大發說道：「想不想去探險？」

看見孩子們點點頭，Tanu馬上開心地帶著胖胖男孩和瘦小女孩順著海岸上方的山坡走去。

「哇，這裡可以看見村落和大沙灘！」胖胖男孩歡呼說。

「真的耶。」瘦小女孩露出燦爛的笑容說。

「以前常常和Tiyao王子來這裡看大海。」Tanu嘆了一口氣說。

就這樣，三個人邊走邊鬧。突然，草叢裡傳來怪聲。

胖胖男孩噓了一聲說：「有聲音。」

大家停下腳步靜聽，果然聽見草叢裡不斷發出一陣一陣沙沙聲。

「安靜，也許是熊或豹也說不定。」Tanu說。

「什麼？熊、豹？」胖胖男孩睜大眼睛說。

「好可怕，熊會吃人。」瘦小女孩也害怕地說。

Tanu握緊腰上的長刀，看著兩個小朋友說：「想不想去看看熊？」

「嗯。」胖胖男孩說，好奇心勝過了恐懼。

雖然自己也有些害怕，不過為了滿足孩子們的好奇心，Tanu帶著胖胖男孩和瘦小女孩鑽入草叢下方的獸徑小路。

Tanu說：「你們要跟好。」

「嗯。」胖胖男孩和瘦小女孩異口同聲回答。

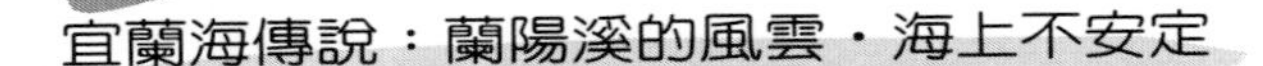

「聲音越來越近了。」瘦小女孩說。

草叢裡的沙沙聲越來越響，Tanu指著旁邊一堆高及人肩的草說：「我們先過去躲起來。」

胖胖男孩和瘦小女孩立刻跳進了草叢，Tanu也隱身其中。果然，很快看見一個黑影出現，在落日斜暉的光影下現出了四肢。

「哇，有手，有腳，是熊。」胖胖男孩說。

「小聲一點，被熊聽到了，我們會沒命的。」Tanu說。

就在三個人屏著氣息從藏匿處向外窺看時，發現草叢裡隱約的身影是一個人，而不是熊。

「是人不是熊！」瘦小女孩悄聲說。

「咦？」胖胖男孩驚訝低呼。

「會是誰在這裡？難道是村民？」Tanu疑惑之餘，鼓起勇氣說，「走，我們出去。」

「誰？是誰在這裡裝神弄鬼的。」Tanu對著那個草叢裡的人說。

「Tanu，連我都不認得了嗎？」Tiyao王子從草叢裡走出來說。

胖胖男孩和瘦小女孩目瞪口呆的看著Tiyao王子，Tanu也嚇呆了。

Tiyao王子看著他們的表情，又看看自己，說：「我變了很多了嗎？怎麼你們都這等表情？」

「Tiyao王子，你終於回來了。」胖胖男孩立刻跑向前去抱住他。

Tiyao王子也張開雙臂回抱著胖胖男孩。瘦小女孩看了也綻開了笑容，快步向前抱住Tiyao王子。

「王子，你怎麼會在這？」Tanu問。

「怎麼了？」Tiyao王子說。

「我們都以為Tiyao王子被大巨人鎖在山洞裡了。」瘦小女孩說。

「山洞？這裡是哪裡？」Tiyao王子搔著頭問。

「這裡是Torobuan村的海岸山坡，再過去一點就是大河口了。」Tanu說。

Tiyao王子聞言心想：「我走了這麼遠嗎？」沉思片刻後，拍了拍Tanu的肩頭，說：「辛苦你了。」

「我倒是還好，只是這兩個小朋友對Tiyao王子失蹤的事隱瞞得很辛苦。」Tanu說。

「隱瞞失蹤？」Tiyao王子迷惑不解地說。

「Tiyao王子，自從你進了山洞之後……」

Tanu和Tiyao王子就這樣邊走邊說，將這段日子裡所發生的事，娓娓道來。一行人興奮地聊著，不知不覺已經走回到了村落。

32.大地又震動了

祭司府裡，大祭司愁眉雙結，因為不能公布Tiyao王子失蹤一事而憂慮著，也十分掛心王子的安危。大祭司坐立不安，在大廳不斷地繞室踱步，不時抬頭望著門外面上方的天空，凝視著。突然，他留意到屋外的風聲吹向改變了，心頭愣了一下，片刻又呼出長氣，若有所悟地點點頭，眉頭也舒展開來。

「平安了。」大祭司自言自語說。

這個時候，Kaku剛好走進祭司府，想問問大祭司關於Tiyao的事情。

Kaku還沒開口，大祭司就面帶笑容看著他說：「Tiyao王子平安回來了。」

「你說什麼？大祭司。」Kaku詫異地說。

「你不是要問Tiyao王子的情形嗎？」大祭司說。

「你的意思是說……Tiyao已經平安回來了？這……這又怎麼解釋呢？」Kaku半信半疑地說。

「不用解釋。」大祭司說，氣定神閒。

Kaku看見大祭司三緘其口，只好離開祭司府，到村落市集裡，看看能不能找到答案。

Kaku漫步走著，到處觀望，發現村落的貨物交易，品類和數量都越來越多了，村戶也增加了不少，不免感到欣慰。他一路走到村落外，在草坡底下駐足，正好看見Anyao從山坡上走下來。

「Anyao，有發現什麼問題嗎？」Kaku問。

「嗯，我發現溪谷那裡現在已經變成村民最活躍的地方了。」Anyao回答說。

「以前村民都是集中在海岸沙灘，現在又多了一個地方可以活動了。」Kaku說。

「是啊，過去溪谷一帶都只是打獵、砍材必經的地方，很少人會把這裡當作生活的地方。」Anyao說。

Kaku和Anyao二人並肩站著，靜默無言，怔怔望著空曠的草原，聆聽著山谷間傳來的風聲颯颯和水聲淙淙，舒心地享受這天神賜予的禮物，片刻恍如永恆。

「好舒服！Anyao，你有Tiyao的消息嗎？」Kaku突然冒出這句話。

「聽巡守隊報告說Tiyao王子已經回到了Torobuan村了。」Anyao說。

「太好了，這樣我也放心了。」Kaku深深地嘆了一口氣說。

就在這個時候，大地突然震動搖晃起來。

「大地又震動了。」Anyao警覺地說。

Anyao和Kaku站穩身子後，隨即注意到海灘上出現了一個奇異景象，一個大水柱直直上升而又迅速降下。

「這大水柱早晚會淹沒村莊的。」Anyao說。

「所以要趕快遷村啊。」Kaku說。

Kaku看著海面，剛剛震動產生的無數皺褶水紋，很快又回歸平靜了。Anyao看看Kaku，又看看大海。兩個人久久佇立著，默默無言，靜靜地享受著山那邊吹來的帶著青草味的山風，以及海那邊吹來的帶著腥鹹味的海風。

33.大水柱的警示

一個大地震動讓原本坐在Tiyao王子身邊的胖胖男孩和瘦小女孩嚇到了，兩個人斜躺在Tiyao王子的懷裡，Tiyao王子伸手不斷輕拍著他們的手臂，輕聲安撫他們。

「沒事了，大地停止震動了。」Tiyao王子說。

兩個小孩立即坐直了身子，瘦小女孩說：「哇，大水柱又來了。」

Tiyao王子看著大地震動後的大水柱，心裡想著：「村落即將面臨災難，遷村勢在必行。」近日發生了很多事故，讓遷村一事也停了下來，眼前的大水柱似乎提醒著他要趕快行動。

「看來要提早搬移村落到山坡上去了。」Tiyao王子說。

胖胖男孩說：「我也可以幫忙遷村落。」

「哼，你能做什麼？還不是貪吃。」瘦小女孩撇撇嘴不屑地說。

「什麼貪吃，難道你肚子餓都不吃東西嗎？」胖胖男孩爭辯說。

「那你知道怎麼建房子嗎？」瘦小女孩雙手叉腰說。

「建房子我不會，但我可以幫忙建房子不小心受傷的人擦藥。」胖胖男孩說。

「哼！」瘦小女孩說，轉開頭去，不想理會胖胖男孩。

Tiyao王子被他們逗笑了，突然想起來什麼來。

「對喔，你父親是村醫，有沒有說前一陣子Baagu村流傳病的事。」Tiyao王子對胖胖男孩說。

「流傳病早沒了。自從大巨人消失，流傳病也跟著消失了。所以，Tamayan村還有Baagu村的村民都認為是大巨人帶來的病。」胖胖男孩說。

「你父親相信嗎？」Tiyao王子說。

「當然不相信。」胖胖男孩說。

「嗯，今天晚上我會去村醫所，跟你父親說，準備好醫療紀錄，我要知道。」Tiyao王子說。

「今天不去山上啊。」胖胖男孩說。

「怎麼？你想去？」Tiyao王子說。

「我也想去。」瘦小女孩說。

「不行。」Tanu突然冒出這句話。

兩個孩子嚇了一跳，瞪著眼睛看著Tanu。

Tiyao王子摸著女孩小臉蛋，輕聲說：「改天。」

「好。」瘦小女孩說，開心地笑了。

「那我們就在沙灘上逛逛。」胖胖男孩說。

Tiyao王子和兩個孩子走過礁岩石，走過沙丘，最後被睡蟲呼喚著，回到村落的市集裡小憩。市集迎來了一個又一個客人，大家在這裡，交換著彼此的觀察和推論。看來，地震不僅止於使大地震動，還震動了人心，引發了不小騷亂。

34.製作疾病醫譜

Avas和Ilau帶了一些食物來到村醫所，看見Tiyao王子也在那裡，正和兩個孩子躺在大床上，睡得十分香甜。

「看來不只是兩個孩子，應該是三個孩子。」Avas笑著說。

Avas動手把竹籃裡盛裝的飯菜拿出來放在桌上，擺好了之後，又找出麻布，蓋在三個人的身上。她的動作雖然輕巧，仍然驚醒了Tiyao王子。王子睜開惺忪雙眼，看著Avas和Ilau兩個人，又看著身旁兩個小孩，突然想起了自己的孩子。他將麻布替孩子們蓋好後，眼眶也濕了起來。

「你們怎麼來了？」Tiyao王子說。

「大人餓肚子，總不能讓小孩子也跟著餓肚子吧。」Avas說，一邊將飯菜盛進鐵碗裡。

「怎麼沒看見Tanu？」Ilau問。

「我叫他去辦點事，也快回來了。」Tiyao王子說。

兩個孩子聞到了食物香味，全都醒來了。

「我怎麼聞到烤雞的味道？」胖胖男孩嗅著鼻子說。

「還有烤薯餅、烤魚的味道。」瘦小女孩說。

Avas還在分裝著食物，兩個孩子早已吞了好幾次口水了。

Tiyao王子彎著嘴角，滿臉笑意看著他們，說：「想吃嗎？」

「想。」孩子們立刻用力地點頭，大聲回答說。

孩子們的童稚純真，惹得眾人都笑了。此時，村醫走了進來，胖胖男孩正咬著雞腿，嘴唇上滿是油光。

「你這孩子，怎麼這麼大膽，竟然在吃Tiyao王子的食物！」村醫皺眉低喝說。

胖胖男孩看著Tiyao王子和瘦小女孩，不知所措。

「沒關係，就吃吧！」Tiyao王子說。

胖胖男孩和瘦小女孩聽了王子的話，更加放心地緊貼著小桌，恣意地大嚼大嚥了起來。

「我要的東西都拿來了嗎？」Tiyao王子問。

「都在這兒，村醫們的用藥紀錄和醫療紀錄全都在這裡。」村醫回答說。

Tiyao王子仔細地檢視了這些紀錄，片刻之後，說：「把它們做成醫譜，以便日後萬一再有任何重大病害發生時，可以有所參考。」

「做成醫譜？」村醫驚訝地說。

「是的，任何疾病都是有原因的，天地之間萬物循環，也有某種法則在。所以，不能因為大巨人已經消失，就輕忽了這個疾病，不去研究它。」Tiyao王子說。

村醫看著Tiyao王子，沒有接話。雖然Tiyao王子非常信賴大祭司，但流有先祖「凡事求證事實」之血的他，還是想靠自己的能力去完成關於海上王國的使命，祈求天神只是為了安撫村民的心罷了。

「Tiyao王子越來越有村落共主的架式了。」村醫讚賞地說。

Tiyao王子看著他，微微一笑，沒有說話。

「你們光說話就會飽喔，不吃飯了嗎？」胖胖男孩突然站在Tiyao王子面前，嘴裡含著食物說。

Tiyao王子和其他人聞言都大笑了起來。Tiyao王子轉頭看著胖胖男孩，從孩子鐵碗中伸手拿起一塊薯餅咬了一口，胖胖男孩看著也笑了。這個晚上，每個人臉上都洋溢著甜蜜的笑容，吃這一頓飯。

35.建村蓄勢待發

村民慷慨激昂的情緒，在陽光普照的大地上沸騰；眾人戮力合作的心情，在陽光的酷熱下加溫。歷經一番波折之後，Baagu村和Torobuan村的村民，終於下定決心，要一起建立新村落了。承襲先祖志業，繼續為村落王國的永續經營盡心盡力，讓海上夢幻王國深深地在這裡扎根，建立開創後代的根基。

Kaku背著手走在市集裡，帶著微笑，看著村民來來往往。市集裡，大家交易的物資越來越豐富，村民的手工製品品質也越來越進步了。巡守隊來報說，Tiyao王子在龍王廟有事情要宣布。

Kaku看著巡守隊員，點點頭說：「知道了。」

Kaku動身往龍王廟走去，看見路旁一個村民在賣弓箭，他手持著打獵筒，地面上放著幾張弓。

「這都是你自己做的嗎？」Kaku靠近問。

「是啊，弓箭都是用上好的木材和竹子做的。」賣弓的人說。

「最近打獵的人多不多？」Kaku又問。

「打獵？這是給一部分村民將來在新村落的山上用的。聽說離開海岸山坡，山溪那邊的大山有很多兇猛的野獸，所以村民已經開始在練習射箭了。」賣弓箭的人說。

「這樣喔。」Kaku淡淡地說。

「Tiyao王子在Torobuan村公布說：『村落建造完成後將會舉辦一次慶典和祭典儀式，也會選出村落的射箭好手擔任巡守隊，保護村落和村民。』」賣弓箭的人說。

「舉行慶典？」Kaku驚訝地說。

Kaku帶著滿腹狐疑離開了攤位，向前走去。

Kulau走過來看見了他，打招呼說：「在想什麼？」

Kaku驚訝地望著他，沒有回答。

「我要去龍王廟，你是不是也要去？」Kukau接著又說。

Kaku失神地看著Kulau，喃喃說道：「你也知道了？」

「村民好不容易擺脫了疾病災難，終於要合建新村落，建立一個新的完整的家園了。」Kulau興奮地說。

Kaku和Kulau兩個人於是並肩前行。在他們背後的市集裡，村民們兀自忙碌著你買我賣，一片熱鬧景象。

36.男人的規劃和女人的打算

龍王廟裡，Tiyao王子將自己精心規劃的新村落地點向村民宣布，也向各村落代表說明。Tiyao王子要各村落巡守隊能夠加派人手關注村民的安全，一直到村落建設完成。村落完成後，立即遷村，希望能在下一次大地震動造成傷害之前，村民都能妥善住進新的村落。Tiyao王子在解說之後，看著大祭司，大祭司也看著Tiyao王子點點頭。

「我也會請大祭司做好建村的祈福儀式，設壇祭海神、祭天神，在村落未完成之前，不要有任何災難發生。」Tiyao王子說。

Tanu從人群走向Tiyao王子，手裡數張獸皮圖攤開，放在桌上。

Tiyao王子說：「這是給負責建立新村落指揮的村民的圖，等一下會拿給各位。」

Tiyao王子說完看著Kaku，又看看Kulau和Anyao，大家都很有默契地點點頭。

Kaku檢視完縝密的規劃圖之後，對Tiyao王子說：「現在我才明白，天神指定你為村落共主，不是沒有道理的。從這些規劃縝密的圖來看，我並沒有推舉錯人。」

「Tiyao王子，加油。」Kulau說。

Tiyao王子露出淺淺笑容，態度謙恭平和。在座的村民，看會議開得差不多了，已經開始準備動身離去。

「走吧！感謝大家實現我的村落共主大夢。」

Tiyao王子說完就移動腳步走出龍王廟，大夥也跟著走。龍王神像也出現龍王的影子穿過廟頂站在廟簷上，一隻大海龜從海上爬上來又迅速地潛入海中。

在小木屋裡的Avas和Ilau正在等待，Basin走進小木屋說：「來了，Ipai他們來了。」

Avas高興地向屋外張望，Ipai和Wban看見Avas立刻綻開笑容，走上來彼此擁抱。

「不知道你找我們有什麼事？」Ipai劈頭就問。

Avas看著Ipai，深吸口氣，正色說道：「想必大家都知道新村落就要開始興建了。」

「不是已經開始了嗎？」Wban訝異地說。

「是啊，我是想說呢，建村落這等大事，男人忙，女人也不能閒著，想請兩位幫忙召集村裡的女人負責煮食，供給建村屋的人吃。」Avas說。

「這有什麼問題？我們還打算編繩子以備不時之需呢。」Ipai說。

「那麼說，你們是同意了？」Avas喜出望外高興地說。

「當然啦！」Wban提高聲音肯定說。

「太好了！原本Avas還怕你們不答應，心裡疙瘩著。以後我會在沙灘矮木林架器具，有意幫忙的女人都可以帶東西去煮，最好是量多一點，不過我們也會準備的。」Ilau說。

「我也會去幫忙啦。」Basin說。

屋裡的每一個人都展露出幸福的笑容，繼續開心地談著自己要煮什麼拿手菜，直到夕陽的金黃光芒散落在海面上。

37.Tanu的大發現

Tiyao王子沿著海岸山坡巡視著，放眼望去，只見微風吹過草叢，一片碧波如海。綠色草坡上點綴著金黃的小花小朵，有些角落還夾帶著淡紫色花，在陽光的照射下，亮麗的色彩彷彿席織錦地毯，又好像是雲霞滿布的燦爛天空。Tiyao王子的規劃真不錯，山谷和溪谷交錯的大平原，的確是建立村落的好地方。而且，從Tamayan村及Baagu村旁的溪谷開始，沿著山坡而下，到處都有這樣的好地方。

Tiyao王子查看村民建村屋的首要步驟，發現工程進行得頗為順利。之後，他又從Torobuan村的海岸礁岩回到了沙灘。這個時候，Tanu跑過來。

「都準備好了嗎？」Tiyao王子關心地問。

「嗯，都照你說的做了。」Tanu喘著氣說。

「如果村民還有什麼需要一定要告訴我。」Tiyao王子說。

「王子，最辛苦的就是你了。不過，我最近還有一個大發現。」Tanu興奮地說。

「什麼大發現？」Tiyao王子問，一臉深感興趣的樣子。

「從我們村落沙洲旁邊的大河走過去有一個小沙洲，小沙洲附近還有一個河口比這邊的河口更寬更大，而且那裡的果樹更多，沼澤地也更大，沿著這個超大河口往樹林划船過去，就到了——嗯，那裡分不清是河還是大海，總之沿著礁岩下去，那裡有很多沙灘和沙洲，一直可以進到大樹林那裡。」Tanu比手畫腳地說著。

「你說的是真的？」Tiyao王子瞪視著他，驚疑地問。

「當然是真的，前幾天你要我巡視礁岩和河流的時候發現的。我帶著幾名巡守隊弟兄划著船沿著礁岩沙灘一直走，突然看到有沙灘浮起，我就往前去，就是這樣發現的。當時，我覺得好像置身在大海中。」Tanu大力點著頭說，情緒仍然很亢奮。

「後來怎麼回來的？」Tiyao王子追問。

「還是一樣順著礁岩回來，我們還發現了一個很大的沼澤區喔！」Tanu說。

「好吧，等建村落的工程大家都順手了，你帶我去看看。」Tiyao王子說完，拍拍他的肩。

Tanu點點頭說：「好。」

這個新發現，讓Tiyao王子的心裡如獲至寶般欣喜。他心裡盤算著：如果村落能夠向外延伸，那村落王國就更大了，村民生活的資源也會越來越充足，生活也就更加有保障。生活更有保障，也就意味著生活更安定，村落更繁榮。

38.往南方大海探險

備妥兩艘舢舨船，船上裝滿吃的、用的、穿的，Tanu再次檢查好所有裝備。

「Tanu，這次真的要出遠門了。」Ilau說。

「快則三日，慢則七個太陽就會回來了。」Tanu說。

「最近天氣有些涼，有沒有多帶些衣服？Tiyao王子可不能著涼喔。」Ilau說。

「有，都備妥了，連你們準備的食物都帶了。」Tanu說。

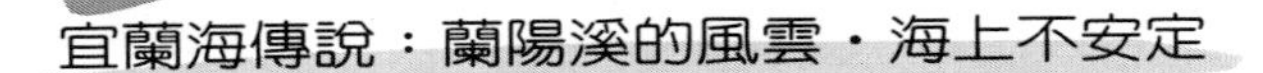

Avas把鐵架上剛烤好的薯餅用草葉包著拿給Tanu，說：「待會上船的時候記得吃。」

Tanu把這草葉用繩索捆綁起來放在船上的大箱子上。Kaku和Ipai也來到了沙灘。

「真的要去南方大河那邊嗎？」Kaku問。

「這是Tiyao王子說的，我也不能不聽。建村落的事也上了軌道，他希望在他回來之前村落能順利完成。」Tanu回答說。

「你說什麼，Tiyao王子回來村落就完成了？那是要去多久啊？」Ipai睜大眼睛問。

「探測完畢就回來。」Tiyao王子從山坡走下來說。

「你一個人去，我不放心。」Kaku說。

「誰說我一個人去？船上這麼多東西，怎麼會是我一個人？」Tiyao王子說。

「除了你，難道Tanu也要去嗎？」Kaku問。

「我們還帶了三名勇士一起去。」Tanu說。

「哇！好大的船喔。」胖胖男孩拉著瘦小女孩的手跳進了船上，開心地說。

「咦，你們兩個在做什麼？」Kaku高聲喝道。

「快下來！」Ipai急著說。

「我們要跟Tiyao王子一起去看大海。」胖胖男孩執意說。

「不可以。」Avas和Ipai同時說。

Avas和Ipai互看了一眼，聳聳肩，表情有些無奈。

「下來吧，這次出海不是去玩，很危險的。」Tiyao王子對著胖胖男孩說。

「我知道很危險，可是我不怕，我爸爸已經答應讓我去了。」胖胖男孩說。

「你爸爸答應了？」Tiyao王子遲疑了一下說。

「是的。我跟他說，我懂一些藥草，萬一Tiyao王子這次在海上遇到受傷什麼的，我可以幫忙找藥草敷藥。」胖胖男孩說。

「我當助手。」瘦小女孩也躍躍欲試地說。

「你們……簡直太胡鬧了！」Kaku又急又氣地說。

一個村醫，胖胖男孩的父親，走了過來。Kaku告訴他剛才的情形，希望能把兩個小孩勸下來。

村醫靠近船邊對著胖胖男孩說：「你們這樣會給Tiyao王子帶來麻煩的，下來。」

「爸爸……」胖胖男孩哀求地說。

「讓他去吧，我相信他會有所幫助的。」Tiyao王子點頭說。

胖胖男孩和瘦小女孩高興得四隻手相握，蹦了起來。

「在船上，雖然不是出外海，還是會著涼的，你們穿這麼少怎麼行？」Avas擔心地說。

「我有帶衣服，我帶了厚麻布衣來了。」瘦小女孩拿著布包說。

「我也帶了。」胖胖男孩也拿出自己的布包。

「原來你們都準備好了。」Ipai搖搖頭笑著說。

Tiyao王子向Kaku走近說：「村落的事就有勞你和Anyao費心了，等我的消息。」

「你自己要小心，如果遇到危險就趕快回來，不要逗留。」Kaku正色說。

「我知道。」Tiyao王子說完之後，走向Avas，對著Avas說：「你自己要多保重。」

「我會等你回來。」Avas深情地說。

Tiyao王子和Tanu上了船，隨行的三名巡守隊員也上了船。

「你們要聽話，不要給Tiyao王子惹麻煩，知道嗎？」胖胖男孩的村醫爸爸說。

「知道了。」胖胖男孩揮揮手說。

巡守隊開始划起竹篙，船也慢慢離岸往南方大海航去，船上的人和岸上的人相互對望著。

Tiyao王子在船上大喊說：「有問題可以找大祭司，大祭司知道如何找到我。」

Kaku仔細地聆聽吩咐，在心裡牢牢記住。

39.長滿果樹的地方

大海上，Tiyao王子一行人安穩地坐在船上，享受著風平浪靜的旅程。兩邊的景色時有變化，高聳的海岸山坡綠意盎然，礁岩分布的沙丘植被如茵。

「就是那裡，上次我們遇見Tiyao王子的地方。」胖胖男孩指著海岸山坡說。

「你還記得，了不起。」Tiyao王子笑著說。

「再過去一點，就很少人去了。」Tanu說。

「很少人去？」Tiyao王子不解地說。

「村民都是經由這條大河、順著大河到外海去，到過這裡的村民都知道有一座浮雕沙灘，不過都害怕是暗礁，所以沒有再走下去。」Tanu說。

「那我們現在就過去。」Tiyao王子說。

Tiayo王子看著划船的勇士，打手勢要他們坐著划，現在風浪很平靜，可以省些力氣。

「怕不怕？」Tiyao王子看著胖胖男孩和瘦小女孩輕聲問。

「不怕，因為這是我的探險。」胖胖男孩說。

Tiyao王子看著胖胖男孩，不禁露出笑容。孩子們的情緒自然流露，天真可愛。這時，Tiyao王子的肚子咕嚕地叫著。

「還有吃的嗎？」Tiyao王子問。

「上船之前Avas拿了些薯餅給我。」Tanu說。

「大家分著吃吧。」Tiyao王子說。

Tanu從箱子拿出草葉包著的薯餅，分給船上的每一個人。

「你呀真是的，吃完了，晚上怎麼辦？」瘦小女孩對胖胖男孩說。

「才不怕呢，Tiyao王子很會打獵，說不定在這裡突然跑出一隻豬，Tiyao王子就拿起弓箭，野豬立刻變成了我們的晚餐。」胖胖男孩說。

Tiyao王子抿著嘴唇笑，沒有說話眼睛凝視著大海前方。

片刻之後，Tiyao王子轉頭問胖胖男孩：「你將來長大要學打獵嗎？」

「要，我要當神射手。」胖胖男孩說。

「野豬？現在在海上，哪裡來的野豬？」瘦小女孩突然冒出這句話說。

胖胖男孩睜大眼睛，嘴巴半開，一時不知要接什麼話。

「那這次探險，我教你射箭好不好？」Tiyao王子問。

「好。」胖胖男孩高興地說。

一路上，大家就這麼輕鬆愉快地說說笑笑，一直到天空裡的陽光直落在海面上，閃閃發著亮光。

「哇，好漂亮。」胖胖男孩和瘦小女孩同時說，兩個人高興得又叫又跳。

「再跳，再跳船要沉了！」Tanu忍不住訓斥說。

孩子們突然靜下來，靜靜地看著大海上的亮光。

「來，坐這裡。」Tiyao王子說。

孩子們安靜地坐在Tiyao王子身邊，Tiyao王子問：「第一次坐在大海上看這情景嗎？」

「嗯。」孩子們點點頭。

「以前都是在沙灘上看太陽光掉進大海去。」胖胖男孩說。

「很新鮮，我自己也是第一次在這麼多暗礁和浮沙的海面上看這情景。」Tiyao王子說。

兩個孩子盯著大海看，時而嘰嘰喳喳互相交換新發現。

「Tanu，這裡確實有很多浮礁沙灘。」Tiyao王子說。

「所以村民都不敢進來，頂多在外海繞著。」Tanu說。

「可是這一邊靠著大海，另一邊又是海岸礁岩山坡，這裡到底有多大？」Tiyao王子說，眾人啞口無言。「我們必須找一個地方停靠，然後再繼續往海岸山坡方向前去。」

「Tiyao王子，那裡就是我說的沼澤地，很大一片。」Tanu指著大河口邊的一片草原說。

「也不能貿然進入草澤地，先在海上看看有沒有可靠的沙灘可以停船的。」Tiyao王子說。

小孩子眼尖，胖胖男孩發現大河口外有一個礁岩浮浮沉沉。

「那裡！」胖胖男孩高聲說，手伸得長長的指向前方。

Tiyao王子看著胖胖男孩指著的方向說：「過去看看。」

「王子，萬一是暗礁⋯⋯」Tanu說。

「那個礁岩看起來不小，說不定會有沙灘。」Tiyao王子說。

於是船向外海中的沙洲行進著，Tiyao王子做夢也沒想到竟然讓他發現了更多更大的神仙境地，風景美得沒話說，資源更是多得吃不完，用不完，採不完。風吹著浪，浪推著船，船漂泊著。

「有沙灘！」瘦小女孩拍著手說。

「真的有沙灘！」胖胖男孩說，開心地笑了。

眾人乍見也覺得不可思議，面露微笑地看著這新發現的礁岩沙洲。

「繞一圈看看。」Tiyao王子下令說。

Tanu指揮著勇士們將船繞行沙灘一周，果然發現了新鮮事。

「你看，那邊好多樹，樹上有好多果子，可以吃嗎？」胖胖男孩說。

「你就知道吃。」瘦小女孩食指在右臉頰上畫「羞羞」說。

「這裡果真不一樣，一片樹林，一大片礁岩沙灘，明天有機會去探險了。」Tiyao王子說。

「哇，要開始探險了。」胖胖男孩高興地說。

Tiyao王子看著他說：「怕嗎？」

「不怕。」胖胖男孩搖頭說。

就這樣，讓船隻繞著新發現的沙洲走了一圈之後，最後在背風的沙灘停了下來。勇士們忙著固定船隻，孩子們從船上一躍下沙灘就高興地跑過來跑過去，大聲唱著歌。

Tiyao王子手持長槍問孩子們：「想不想去抓魚？」

「抓魚？」胖胖男孩瞪大眼睛，驚喜地說。

「Tiyao王子……」Tanu欲言又止。

「你們先把這裡準備好，今天就在這裡過夜，我去抓幾條魚回來，給大夥充充飢。」Tiyao王子吩咐說。

Tiyao王子帶著工具，拿著木桶，兩個孩子互相搶著要提，就這樣，三人打打鬧鬧，往另一方向的海域抓魚去了。

40.夜泊沙洲渚

Tiyao王子站在大岩石上向海面下張望，說：「就這裡。」又打手勢招孩子們靠過來，「來，看到沒有？」

「哇，好多魚！魚都躲在石頭下面。」瘦小女孩說。

「為什麼魚都躲在那裡呢？」胖胖男孩好奇地問。

「因為石頭下面有多好吃的，所以魚就躲在那裡去吃了。」Tiyao王子拿起長槍，一邊回答。

礁岩石下方果真魚群繁多，大小不一。Tiyao王子看準一條大魚，伸手一槍迅即往水下刺，提起槍頭果然有一條大魚。

「木桶呢？」Tiyao王子說。

「在這裡。」胖胖男孩轉身指著地上說。

「多抓幾條回去，Tanu會幫忙烤給大家吃。」Tiyao王子說。

兩個孩子看得很高興，快樂得絲毫沒有察覺天色漸漸暗了。桶子裡有十多條魚，有的還有鰓還一翕一翻著呢。

「回去吧，這些應該夠吃了。」Tiyao王子說。

兩個孩子抓住木桶把手想提起來，發現木桶變得好沉。

「好重喔！」瘦小女孩說，一邊咬緊牙用力。

「我來。」

Tiyao王子說完單手輕鬆地提起木桶，兩個孩子就跟著他一起回到剛才下船的地方。

Tanu看見遠遠走來的Tiyao王子，高聲喊著說：「我真擔心你們迷失了。」

「喔，你們都準備好了。」Tiyao王子走進前來，看著地上的木柴架說。

火堆裡燃著木柴，火光熊熊。

「把這些魚都烤了吧。」Tiyao王子說。

三名勇士們開始串魚，胖胖男孩和瘦小女孩也搶著要烤。

「對了，有水嗎？」Tiyao王子問。

「有，不過明天可還得再找水了。」Tanu說。

「明天去樹林那裡看看有沒有溪水。」Tiyao王子說。

「船屋都架好了？」Tiyao王子看向船停泊的方向說。

「嗯。」Tanu輕聲說。

「今晚輪流守夜，這火不能滅。」Tiyao王子交代說。

「我知道。」Tanu點頭說。

「木材夠嗎？」Tiyao王子又問。

「烤好了。」胖胖男孩說。

「好香。」瘦小女孩說。

「我們一起吃。」胖胖男孩拿魚對著Tiyao王子說。

Tiyao王子看著胖胖男孩的笑臉，也漾開了笑容。一行人就這樣圍著火堆，吃著烤魚和從村落帶來的食物。吃著，吃著，天上的月亮出來了，像弓箭一樣，彎彎的月亮，月亮身邊閃爍著許許多多大小不一的星星。

「為什麼天空有那麼多一點一點的亮光？」胖胖男孩望著天空說。

「那是銀河星。」Tiyao王子說。

這片沙洲躺臥在大海上，與海岸山坡之間有好長一段距離，空曠得很。海面無風無浪，只有細細的印著月光的波紋，除了正面遠方隱隱約約傳來的聲響，幾乎一片寂靜。

「有動物的叫聲。」Tanu說，一邊歪著頭傾聽。

「是猴子的叫聲。」Tiyao王子靜靜聽了一下說。

「這裡的猴子叫得比海岸山坡那裡的猴子更大聲。」Tanu說。

「可見數量一定很多。」Tiyao王子判斷說。

一會兒，夜更深了，動物的聲響聽得更清晰。猴子的吱吱聲，熊的咆哮聲，還有躲在草叢裡的各種昆蟲的嘓嘓、唧唧聲，夜熱鬧極了。幾隻夜行鳥從樹林上方飛出來，在空中盤旋一陣子，然後往另一邊樹林裡去了。

「我今天一定會睡不著。」胖胖男孩說。

「太高興啦。」瘦小女孩說。

兩個孩子的對話讓Tiyao王子的心觸動了一下，不禁轉頭，帶著父親一般慈愛的眼神凝視著他們。守夜的勇士，怔怔凝望著前方，彎月高懸黑色天幕，熊熊烈火映照在海面上，火光隨著水流波動搖晃不已。

41.探險隊的歌聲

睡臥著的兩個孩子突然站起來，立在沙灘邊望著海水。

「今晚天空好亮，好漂亮。」瘦小女孩說。

「是啊，這是我第一次離開家，也第一次看到這麼漂亮的天空。」胖胖男孩說。

瘦小女孩突然低頭沉靜低下來，胖胖男孩問：「你怎麼了？不高興了？」

「你剛才說到離開家，我又想到爸爸和媽媽了。」瘦小女孩說。

「對不起啦！不過我也有點想我的爸爸，但是我爸爸說男生要勇敢才會長大，所以我們來唱歌好不好？」胖胖男孩一會悲一會笑地說著。

「唱歌？」瘦小女孩驚訝地說。

胖胖男孩面對著大海開嗓唱歌起來了，瘦小女孩也跟著唱。唱著，唱著，兩個人手舞足蹈了起來。大海、沙灘、星光、歌聲、鳥鳴、蟲叫，多浪漫的夜晚啊！Tiyao王子看著孩子們在高興地跳舞唱歌，海浪彷彿也在為著孩子們的歌聲伴奏，這是海神的傑作。

Tiyao王子走過來，笑著說：「本來以為你們會害怕的，想不到你們還會唱歌跳舞，這麼開心，表示已經不怕了。」

孩子們停止了動作，瘦小女孩說：「是我想家啦，他才說要唱歌給我聽。」

Tiyao王子拉起瘦小女孩的手說：「想家？」

瘦小女孩點點頭，又搖搖頭微笑說：「現在已經不想了。」

Tiyao王子抱起她，看著胖胖男孩說：「你比我想的還勇敢。」

「我也會想家，只是爸爸跟我說男人要勇敢，出外若是想家就唱唱村落的歌，唱唱村落的歌就像爸爸在我身邊一樣。」胖胖男孩說。

Tiyao王子看著他，胖胖男孩也靠過來抱著王子的腰。

「我們一起來唱歌好了。」Tiyao王子笑著說。

就這樣，Tiyao王子和兩個孩子在礁岩上坐著，面對大海唱著村落的歌。Tanu和三名巡守隊員聽到都十分感動，不禁掉下淚水，也跟著合唱了起來。這一夜，星空上的光與海面上的光互相輝映。這支小小探險隊的歌聲穿透了海水、海浪、海風，穿越到海的另一邊，一群晚睡的猴群正在樹梢上聆聽。

42.鯨魚的影子

Tanu望著海面，沿著沙灘走著，Tanu望著Tiyao王子站在礁岩旁，從船上走過來。

「王子，你也該睡了。」Tanu說。

Tiyao王子轉頭看著Tanu，又望向海面說：「孩子們都睡了？」

「嗯，剛睡著，大概唱歌唱累了，所以比較好睡。」Tanu笑著說。

「其他三名勇士呢？也睡了嗎？」Tiyao王子說。

「兩個先睡，一個跟我一起先守夜。」Tanu說。

「讓他們也先去睡，你陪我附近走走看看，再換上他們。」Tiyao王子說。

Tanu走到船邊告訴勇士說：「你們先去睡，Tiyao王子想在附近走走，等Tiyao王子要休息了，再叫醒你們。」

巡守隊員聽完Tanu的話應聲之後就上船睡覺去了。Tanu一個人陪著Tiyao王子坐在礁岩上看著星空，看著大海，看著遠方的Torobuan村。雖然知道那麼遠的距離一定看不到，Tiyao王子卻能感覺到Avas正在想著他。Avas正在屋外的空地上站著，仰望著天空，閃閃發亮的星光好像告訴Avas，Tiyao正在某處思念著她。看著點點星光點綴著黑絨絨的天空，Avas開始想念Tiyao。

Tanu看著海面，上面好像有移動的影子，警覺地說：「海裡面好像有東西。」

「什麼？」Tiyao王子說，順著Tanu的視線看去。

「海上有影子浮動。」Tanu說。

Tiyao王子凝視著海面看了一會兒，果然有影子漂浮。再仔細一看，原來是一隻超大的魚。

「是海鯨。」Tiyao王子說。

「鯨？就是在大海上生存最久的海鯨？」Tanu說。

海面上的浮影忽然地遠去了，不知大海深處的哪個地方正在發出邀請的聲納呢。

「啊，這裡真的是一個好地方，或許我們也可以在這裡建立新村落。」Tiyao王子嘆口氣說。

「王子，你不會開玩笑吧？」Tanu覺得不可思議說。

Tiyao王子揚著眉，笑容可掬地看著Tanu，兩個人也都傻笑起來。就這樣，Tanu和Tiyao王子兩人懷著對未來的憧憬，回到了船上休息，為明天的旅程做準備。

43.打水仗

緋紅的雲彩從海面上升起，黃橙橙的旭日光芒蓋過了原本黑翳翳一片的雲層。太陽露臉了，閃著耀眼的光芒，海上金亮一片。

「哇，好美，快起來。」瘦小女孩拉著胖胖男孩說。

「什麼事？」胖胖男孩揉著惺忪睡眼說。

「我們去看日出。」瘦小女孩說。

兩個孩子走下舢舨船，站在沙灘上深深地呼吸了一下，他們孩子看見Tanu正在煮飯。

「哇，好香。」胖胖男孩開心地說。

「有稀飯可以吃了。」瘦小女孩拍著手說。

「怎麼這麼早就起來了？」Tanu說。

「不早了，太陽都出來了。」胖胖男孩伸展雙臂說。

「咦？Tiyao王子呢？」瘦小女孩看了看四周說。

「帶著勇士去抓魚了，給你們補身子，好讓你們快一點長大。」Tanu開玩笑說。

兩個孩子聞言也都笑了。等了一會兒，兩個孩子等不及了，想離開去找Tiyao王子，卻被Tanu制止了。

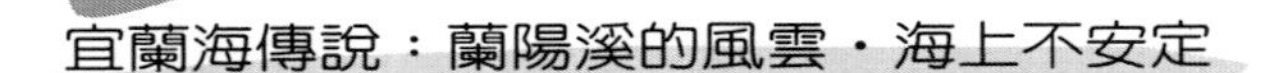

「別急，等一下就回來了。」Tanu說。

胖胖男孩和瘦小女孩聽話留下來，於是就在船邊的沙灘舀海水洗臉。兩個人邊洗邊互相潑水玩，最後竟打起水仗來了。結果一不小心，瘦小女孩滑進了水裡大叫著，胖胖男孩心慌了，兀自尖叫。Tanu聽到尖叫聲立刻抬頭，看見情況緊急，起身快步跑過去抱起瘦小女孩。正巧，這個時候Tiyao王子和勇士們也回來了。

Tiyao王子看見瘦小女孩全身濕淋淋的模樣，擔心地說：「怎麼一大早就弄得全身濕，這樣會生病的。」

勇士們把桶子裡的魚剖了，清洗過，放在陶碗上煮。

Tiyao王子放下工具，拍了拍衣服上的灰塵，然後抱起瘦小女孩到火堆旁，說：「這樣暖和些。」

「是我不好，我們在打水仗，結果就掉下去了。」胖胖男孩說。

「打水仗？」Tiyao王子看著瘦小女孩輕聲說。

瘦小女孩點點頭，又縮縮脖子低下頭去。

Tiyao王子對瘦小女孩說：「有衣服可以換嗎？」

「嗯。」瘦小女孩說。

瘦小女孩獨自走進船艙換衣服，換好以後，Tiyao王子把瘦小女孩的濕衣服晾在細樹枝綁成的三腳架上。

「等一下記得要收起來。」Tiyao王子說。

瘦小女孩點點頭，露出笑容。

「稀飯煮好了。」Tanu說。

一行人圍著火堆大啖起來，Tanu說：「吃飽還有魚湯可以喝。」

「哇，太棒了。」兩個孩子興奮地說。

海面上方的朝陽越來越亮，光線從雲層裡透出，就像神仙揮舞著魔法棒，讓雲霞瞬間披上了色彩斑爛的外衣，泛著紅、紫、金黃的光芒。

Tiyao王子趁著火堆火勢還在，把瘦小女孩的衣服烘乾。

「好了，可以收起來了。」Tiyao王子說。

瘦小女孩綻開甜甜的笑臉，拿起衣服往船上跑去。

Tiyao王子把火熄滅，整理一下地上的工具，然後對著船頭上的Tanu說：「都用好了嗎？」

「快好了，可以準備出發了。」Tanu一邊調整位置一邊說。

放下繩索，舢舨船準備出發了，Tanu問：「要往哪個方向？」

「昨天我們已經繞過一圈了，就往樹林裡方向去吧，順著水道往大山方向走。」Tiyao王子說。

「要出發囉！」兩個孩子高興地說。

舢舨船帶著孩子的歡呼聲，快樂地離開了這座沙洲，繼續在海上航行。

44.大巨人又出現了

市集裡，村民們為準備一天的生活所需，忙碌來往。今天，大祭司在祭司府感應到天象不尋常的現象，於是立即收起法器，準備前往龍王廟。不料，在市集裡遇見巡守隊，大祭司被帶到了集會所。到了集會所，只見村民個個面有愁容，似有所求。

大祭司看著所有在場的人，問：「發生什麼事？」

Anyao率先發言：「大祭司，昨晚村落又出現大巨人了。」

「在哪裡？」大祭司說。

「溪谷。」Anyao答道。

「那裡離建村的地方多遠？」大祭司沉吟片刻又問。

「有一段距離，不過Kaku已經讓巡守隊放了警告線，村民暫時不會去那裡。」Kulau說。

「做得很好。」大祭司點頭說。

大祭司心裡思忖著，自己感應到的天象不尋常是否與大巨人有關？大祭司又再次默唸咒語，意欲通神，尋求感應。

「大祭司，是不是需要通知Tiyao王子？」Anyao憂心地問。

「村民的情況如何？」大祭司說。

「人心慌著呢。」Kaku走進集會所說。

所有人都轉頭看著Kaku，Kaku看著大祭司，然後說：「大祭司，現在只有你能幫助我穩定村民的心，為Tiyao王子做一件事。」

大祭司先是猶豫了一下，然後說：「穩定民心可以，不過你必須馬上派人，順著水道前去找Tiyao王子。」

「找得到嗎？」Kulau說，語氣有些疑惑。

「Tiyao王子沿途有留下記號。」大祭司說。

「讓我去。」Anyao自告奮勇說。

「不行，建村的事還需要你，我另外派個人去。」Kaku說。

大祭司要大夥在龍王廟等他，自己先行離去。為了大巨人再次出現，大祭司打算再次祭天神為村民祈福。Tiyao王子不在村落，天象所顯示的現象，是天神的警示嗎？那警示的確切意旨又是什麼呢？這也是所有人想知道的答案。在陽光酷烈普照的今天，無風無雨，怎麼會有大巨人出現呢？大巨人的出現究竟是凶？還是吉？大祭司將說明一切。

45.百草散護身

海岸礁岩上覆蓋著滿地青翠的海藻，長長的碎石、貝殼沙灘雪白發亮，活蹦亂跳的猴子在林子裡高枝上晃來蕩去。海岸邊緣長滿了各種各類的樹木，姿態各異，野草地裡開著黃花、白花、粉紅花，爭奇鬥艷。

「船就停在這兒吧。」Tiyao王子說。

「王子，真的要進去嗎？萬一……」Tanu擔心地說。

「留一個在這裡守著，其他人一起進來。」Tiyao王子說。

「我們要去探險了嗎？」胖胖男孩問，一臉期待。

「嗯，準備好了嗎？」Tiyao王子低頭看著胖胖男孩說。

胖胖男孩點點頭，和瘦小女孩一樣，揹著小竹簍準備好要出發了。

「這裡的探險如果一切順利，回程可以摘一些果子帶回村落。」Tiyao王子說。

胖胖男孩從竹簍取出一條乾草藤，拿給留守的巡守隊員說：「如果遇到危險，就用火點著它。」

然後，一行人踩著雜草叢生的礁岩沙灘前進，一步接一步地向前探尋，一邊採野果、野花。當大家開始進入樹林，居然就有不少猴子好奇地在他們身邊跳來跳去，一路跟著他們。

「這個可以吃嗎？」胖胖男孩採了一個果子往嘴裡咬著說。

瘦小女孩看著他說：「沒問題吧。」

女孩語聲未完，突然看見胖胖男孩口吐白沫昏過去了，瘦小女孩嚇得大叫一聲。Tanu和Tiyao王子轉頭看見昏倒的胖胖男孩，所有人都聞聲跑過來了。

「怎麼回事？」Tiyao王子說。

瘦小女孩將手上拿著的果子遞給Tiyao王子看，哭著臉說：「他說這個可以吃，於是就吃了，結果……」

Tiyao王子接過瘦小女孩手上的果子，皺著眉說：「中毒了？」

Tiyao王子一邊替胖胖男孩推出毒汁，一邊看著四周，然後右手指著前方一棵樹，對Tanu說：「把那棵樹的果子多摘一些下來，搗碎之後給我。」

「是。」Tanu答應之後立刻轉身，大步往Tiyao王子說的那棵樹跑去。

「你不能死啊！」瘦小女孩哭喊說，急得眼淚都流出來了。

「別擔心，他一路走來都給我添麻煩的，不會那麼早死。」Tiyao王子說。

瘦小女孩一聽王子的俏皮話，破涕為笑，放心不少。Tanu把藥果摘回來了，Tiyao王子立刻將汁液滴在胖胖男孩的嘴裡，勉強他吞下。

「沒問題吧？」Tanu擔心地說，眼睛直直盯著男孩昏迷的臉看。

「等。」Tiyao王子說。

猴子從樹上丟了一個果子下來，果子已經被咬了半顆多了。

「猴子吃了沒問題，那這果子應該也安全了。」Tanu推測說。

「那邊還有很多。」瘦小女孩指著樹梢纍纍的果子說。

「你們去摘一些回來。」Tiyao王子對兩名勇士說。

看來這些猴子在這一大片林子裡吃喝不愁，日子過得可舒服著呢，簡直像神仙一般優哉優哉。

就在Tiyao王子準備站起身來的時候，胖胖男孩醒了，睜開眼睛看著瘦小女孩說：「我怎麼了，怎麼大家都在這裡？」

「你終於醒了！誰叫你貪吃，吃到有毒的果子。要不是Tiyao王子救了你，早沒命了。」瘦小女孩說。

胖胖男孩起身坐在地上，說：「那個果子有毒。」

「我才覺得奇怪，怎麼你這麼快就能把毒汁吐出來。」Tiyao王子說。

胖胖男孩露出笑容看著大家，故作神祕，瘦小女孩拍了他手臂一下，說：「快說，要不下次再發生，我不救你了。」

Tiyao王子和Tanu一聽都笑了，胖胖男孩說：「就是這個。」

胖胖男孩從小竹簍裡拿出一個小陶瓶在空中晃了晃，瘦小女孩問：「這是什麼？」

「你嘛幫幫忙，我那麼愛吃，有時候會分不清楚東西的好壞，我的村醫爸爸最了解我了，知道我跟Tiyao王子一起出來一定會惹事，所以就事先給了我這瓶百毒散帶在身上，今天早上我先吃了一點。」胖胖男孩揭開謎底說。

「百毒散？是用各種藥草磨製而成的百毒散？」Tiyao王子說。

胖胖男孩點點頭，Tiyao王子問大家：「你們知道村裡還有誰會製作百毒散嗎？」

「這百毒散在村落裡沒人用過。」Tanu回答。

「為什麼？」Tiyao王子又問。

「在村落裡面，沒人相信它能解毒治病，而且這藥還被詛咒過呢。」Tanu說。

「詛咒？」Tiyao王子迷惑不解地說。

「因為我爸爸曾經醫死人。」胖胖男孩說。

Tiyao王子摸著胖胖男孩的頭，算是安慰著他，胖胖男孩抹去眼淚說：「其實我爸爸沒有醫死人，Tiyao王子要相信我爸爸，他不會害村民的。」

Tiyao王子嘆了一口氣說：「我相信。」

「是那個人他一直不相信爸爸的話，還有其他人都一樣。爸爸說吃藥的時候不可以吃豬肝，還有蘿蔔也不能吃，他們都不相信，就給他吃了。本來病是有好了，就因為這樣亂吃，所以喝下去的藥無法起作用，於是失效，他就這樣死了。」胖胖男孩哭著說。

「這是食物與草藥相剋嗎？」Tiyao王子摸著胖胖男孩的臉說。

胖胖男孩點點頭，大家也出言安慰他，叫他別再難過。

Tanu看了一下四周說：「我們也該離開這裡了。」

Tiyao王子站起身，抬頭望著樹林，看見猴子飛天遁地跳著，不自覺地看呆了，片刻後才回神。

「好，我們走吧，不過在走之前得先將竹簍裝滿。」Tiyao王子說。

「採果子囉！」兩個孩子高興地說，「猴子吃過的才能採喔！」

Tiyao王子看著這兩個機靈的孩子，搖頭笑一笑。一行人在果樹下穿梭，忙著摘果子，孩子們也摘了不少。想不到，又遇見有野豬出沒，Tiyao王子獵到了一隻，大家瞠目結舌，高興得說不出話來。一陣大風吹過草原，掠過樹梢，草野的奔騰就像大海上的風浪又狂又急。胖胖男孩在一棵樹下採了草葉子，又折樹枝。

「你在做什麼？」Tanu好奇地問。

「我在採藥草回去。」胖胖男孩說。

「採藥草？」Tiyao王子說。

胖胖男孩在四周到處走走看看，不時蹲下來仔細瞧著，最後撥開眼花繚亂的野草叢，連根拔起隱身其間的一株植物。

「找到了。」胖胖男孩眉開眼笑地說。

「這裡也有溪流。」Tanu說。

「看來這裡比我想像的還要寬大。」Tiyao王子說。

胖胖男孩繼續蹲在溪流旁拔草，瘦小女孩靠近他身旁問：「你不會要把這些草全拔回村落吧？」

「老實說，我爸爸會答應我來，最主要是要我幫他找藥草，他說村落的藥草不夠用了。」胖胖男孩說。

Tiyao王子聽見孩子的對話，感到有些驚訝，一邊拿出刀子幫胖胖男孩挖藥草，一邊問：「你剛才說村落藥草不夠用，是什麼意思？」

「如果要製作更多百毒散就必須更多藥草，村裡的藥草是應付平時用的，要拿來製作百毒散是不夠的。」胖胖男孩回答說。

「那你又怎麼知道哪些是製作百毒散的藥草呢？」

「我看過爸爸的藥草箱，他還說Tiyao王子也會幫我找到。」胖胖男孩說。

Tiyao王子微微一笑，沒有說話，只是繼續幫忙採摘要草。

兩位巡守隊員回來了，報告說：「王子，船不見了。」

Tanu一聽感到很意外，馬上問說：「那留守的那個巡守隊員呢？」

「沒看見。」兩位巡守隊員同時說。

Tiyao王子摘完藥草之後，問胖胖男孩說：「你還能跑嗎？」胖胖男孩點點頭，「那你現在就收拾所有東西和工具，立刻跑回沙灘去。」

Tanu和兩名巡守隊員先行離開，胖胖男孩也小跑步地跟著，Tiyao王子則抱起瘦小女孩跟在後頭離開了樹林。在他們背後，猴群兀自「吱吱吱」地叫著，跳著，從這棵樹盪到那棵樹，沒有一刻停歇。

46.山上有陌生客

大夥來到停船的地方，只見海浪一波又一波，不斷地拍打海岸礁岩，海水湧上沙灘又退回去。

「確定下船的定點就是這裡？」Tanu問。

二位勇士點頭表示沒錯。胖胖男孩一路不忘採草藥，這回又看見了沙灘上的植披，小心翼翼地連根拔起，裝在竹簍子裡。

Tiyao王子放下瘦小女孩，對她說：「你去幫忙胖胖男孩，我去看看船。」

「怎麼樣？還是沒找到？」Tiyao王子注視著Tanu問道。

Tiyao王子雙手遮著眼睛，看著前方的海面，和出海口的沙洲，不遠處還有一片海岸沼澤區。

「再四處找看看吧。」Tiyao王子說。

「哇！」胖胖男孩大叫說。

「什麼事？」Tiyao王子高聲說，向胖胖男孩方向看去。

「地上有字。」胖胖男孩說。

Tiyao王子和Tanu立刻跑過去看，Tanu說：「一定是留守的勇士留下來的記號。」蹲下瞧了一下，轉頭對Tiyao王子說，「這個方向。」

「往大山那邊。」胖胖男孩說。

「沒錯，船一定是順著海水往大山的方向划去。」Tiyao點頭王子說。

「那我們怎麼去？」Tanu苦惱地說。

「順著沙灘走就可以了。」Tiyao王子說。

於是，一行人順著海水方向往大山的方向步行而去。一路行去，走過了沙灘，越過了礁岩，林木蓊鬱，草澤寬闊，鳥飛獸走，成十上百隻的猴子也在樹林裡一邊戲耍，一邊好奇地打量著他們。瘦小女孩用跳躍的腳步跑著，胖胖男孩也跟著。

「你們兩個小心一點。」Tiyao王子擔心地喊著。

「回來了，船回來了！」瘦小女孩指著舢舨船高聲說。

兩個孩子繼續跑著，一邊盯著急切地划著船過來的勇士，瘦小女孩率先喊道：「嘿，Tiyao王子正在找你呢！」

勇士將船停靠在沙灘，Tiyao王子和Tanu也來到了。

「你去哪兒啦？知不知道這樣大家會以為船失蹤了。」Tanu語帶責備地說。

「好了，別責怪他。是不是發現了什麼？」Tiyao王子說。

勇士看著Tiyao王子說：「大山那邊住著另外一群部落的人。」

「什麼？你是說山上有人？」Tiyao王子驚疑地說。

「我本來只看見幾個影子在海岸上走，原以為是猴子，可是仔細一看，身影動作又不像猴子，於是我就划著船慢慢過去，結果發現上面的溪谷真的有一群人在打獵。」勇士說。

「看來有意思了，今晚又要回到沙洲過夜了。」Tiyao王子說。

「今晚還要留下來，不回村落？」Tanu皺著眉頭問。

「大山上面有人，也有可能侵犯我們的，必須先去了解。」Tiyao王子說。

胖胖男孩和瘦小女孩早已上了船了，在船頭向大家揮著手。

「你們動作可真快！我們也上船吧。」Tiyao王子看著笑容滿面的胖胖男孩和瘦小女孩，又轉頭對其他人發言道。

船往大海口的沙洲划行，半途中，在另一邊的沼澤區往村落的海上發現了另一艘舢舨船。

「有人。」勇士警覺地說。

大夥定睛遙看著這艘船，胖胖男孩眼尖，很快地判斷說：「是巡守隊。」

「那一定是來找Tiyao王子的。」瘦小女孩說。

「把船靠近前去，發出信號。」Tiyao王子吩咐說。

當兩艘船互相靠近的時候，對方船上的巡守隊員說：「Tiyao王子，是大祭司叫我們來的，還有竹簡要給你。」

Tiyao王子接過巡守隊員手中的竹簡讀著，一旁的Tanu急著問：「村落是不是又發生什麼事了？」

「大巨人又出現了。」Tiyao王子回答說。

「大巨人？」胖胖男孩驚訝地說。

Tiyao王子向四周張望了一下，說：「先去沙洲把船停好，海上的風浪很大很危險。」

到了昨天留宿的礁岩沙洲後，Tiyao王子看著巡守隊員說：「回去村落告訴大祭司，我正要去山裡面見陌生客，希望大祭司出面安撫大巨人。」

「Tiyao王子，你不回去？」巡守隊員面有難色地問。

「現在還不能回去。」Tiyao王子說。

「可是……」巡守隊員欲言又止。

「不過，你們可以順便帶這兩個孩子先回去。」Tanu接著說。

「我不回去。」胖胖男孩說。

「明天要去的地方會很危險的，大山有不一樣的人可能會打起來。」Tanu恐嚇說。

巡守隊員看著Tiyao王子，感到為難地說：「王子，這怎麼辦？」

Tiyao王子伸手想拿胖胖男孩的小竹簍，胖胖男孩卻把百毒散拿起來放在瘦小女孩的小竹簍裡，然後將自己的小竹簍拿給Tiyao王子。

「把這個竹簍交給這個孩子的爸爸。」Tiyao王子對巡守隊員說。

「交給村醫？」巡守隊員不解地說。

「就說是我要你拿給他的。」Tiyao王子說。

所有的事都交代清楚了，一群人在沙灘上目送著巡守隊員的船隻離開。

47.村落裡的憂慮氣氛

終於趕在天黑以前回到村落，巡守隊員將Tiyao王子交代的事立刻往祭司府向大祭司說明。祭司府裡，大祭司正踱著步思索大巨人的事。

Kulau看著大祭司不斷走來走去，他在一旁保持著沉默良久，終於忍不住開口說：「怎麼樣？大祭司有辦法解決嗎？」

大祭司看著Kulau的臉片刻，神情安詳地問：「Kaku呢？」

「在溪谷觀察大巨人的動靜之後就回村落去了，一直都待在集會所那裡。」Kulau回答說。

Kulau說完之後，大祭司尚未開口接話，就被匆匆忙忙走進來的巡守隊員打斷了。

大祭司看著巡守隊員問：「有什麼事嗎？」

「是Tiyao王子有話給你。」其中一名巡守隊員說。

Kulau和大祭司聞言都感到驚訝，大祭司問：「你見到了Tiyao王子？」

「嗯，Tiyao王子要我告訴大祭司說他明天要去見陌生客，大巨人就交給你了。」巡守隊回答說。

大祭司掐指捻算了一下，面露震驚的表情。

Kulau看著大祭司的神情，著急地問：「怎麼了？大祭司。」

「明天要去大巨人那邊設壇，為Tiyao王子祈福。」大祭司說。

大祭司和Kulau兩個人默默無言地對望著，祭司府的氣氛既詭異又肅靜，對於大祭司下一個動作是什麼，Kulau百思不解。

在此同時，Kaku在集會所裡，也在思索著大巨人的事情。他思忖：大巨人既沒有傷害村民也不擾亂，到底是為了什麼？一樣是漫無頭緒，無法理解。Kaku正要離開集會所回家時，聽到巡守隊來報，得知Tiyao王子給大祭司傳來消息，大祭司將於明天在大巨人出現的地方設壇。

Kaku回到住所，Ipai還醒著，Kaku體貼地問道：「怎麼還沒睡？」

「唉，睡不著。」Ipai嘆口氣說。

Kaku靜靜地看著Ipai沒有說話，將Ipai摟在懷裡，柔聲說：「原諒我為了村落的事冷落了你。」

Ipai對他說：「只要村落安定，村民過得好，這點犧牲不算什麼。」

Kaku將她摟得更緊，Ipai感受到丈夫的心跳聲，輕聲問：「聽說Tiyao王子來消息了？」

「嗯。」Kaku輕聲答。

「我覺得自己比Avas幸運多了，同樣為了村落煩惱，你一直都在我身邊，而Avas卻要與丈夫分開兩地。」Ipai說。

Kaku沒有說話，只是繼續摟著Ipai，靜靜聽著屋外風吹過樹林、草地的沙沙聲。

在向大祭司報告完畢之後，巡守隊員把Tiyao王子要他交給村醫的小竹簍拿到村醫所。胖胖男孩的爸爸看著竹簍，臉上浮出有些難過的表情，但很快又露出笑容，在場的其他村醫看了感到不解，莫名其妙。

看著小竹簍裡面各式各樣的藥草，胖胖男孩的爸爸高興地說：「唉，這孩子從以前至今不斷給我惹事，現在終於做了一件好事。」

收拾好藥箱之後，所有村醫都要回住所休息了。胖胖男孩的爸爸從竹簍裡發現一片竹簡，他拿出竹簡一看，原來是Tiyao王子的信箋，內容令人非常感動。

Avas在市集詢問巡守隊員說：「你也累了一天，該要休息了。我只想問一句，Tiyao王子還好嗎？」

「Tiyao王子他很好。」巡守隊員點頭說。

Avas讓巡守隊員回家休息，自己一個人則漫無目的地走著，想著Tiyao，正巧遇見打算回住所的Ilau。

「一個人這樣悶著，小心會生病的喔。」Ilau突然拍她肩膀一下這樣說。

Avas傻楞楞地看著Ilau，沒有答話。兩個人靜默無言地走在黑夜的市集大街，各自懷著思念伊人的心思。

48.胖胖男孩的擔心

灰濛濛的天空露出一線白，這是太陽要出來的前兆。Tiyao王子坐在岩石上，面有憂色地看著大海發呆。幾隻小螃蟹在大螃蟹身旁跟著爬行，潮水湧來淹沒了螃蟹的身影，潮水退去，螃蟹兀自前進。不知過了多久，不時地發出嘆息聲的Tiyao王子突然閉上眼睛，靠著岩石壁睡著了。天快亮了，睡在船艙裡的胖胖男孩睜開眼睛，看見坐在岩石上睡著了的Tiyao王子，感到很驚訝。胖胖男孩決定不睡了，起身拿了自己身上的麻布衣跳下舢舨船，來到Tiyao王子身邊。胖胖男孩伸著胖胖的雙臂，費了好大勁兒才將麻布衣蓋在Tiyao王子身上，不料卻驚醒了Tiyao王子。

Tiyao王子看著胖胖男孩，微笑說：「這麼早就醒來，睡得好嗎？」

「開始有流浪的感覺了，所以睡得很好。」胖胖男孩說。

「不想家了？」Tiyao王子說。

「想，可是還是得堅強一點。」胖胖男孩說。

胖胖男孩拍拍胸脯說著，瞬間臉色又沉了下來，欲言又止地看著Tiyao王子。

Tiyao王子似乎猜中了男孩的心思，笑了一下，看著他說：「是不是有什麼話要跟我說？」

「我……想問你放什麼在我的竹簍裡給我爸爸。」胖胖男孩說。

Tiyao王子看著眼前的男孩，又看向前方的大海，說：「你看見了？」

「我拿百毒散的時候發現藥草裡有一個竹筒，是給爸爸的吧？」胖胖男孩說。

「其實也沒什麼，只是想鼓勵他而已。」Tiyao王子說。

「爸爸他會很高興的。」胖胖男孩說。

這個時候從海面上突然颳來一陣風，冷得令人直打哆嗦，Tiyao王子順手將麻布衣披在胖胖男孩身上。

「走，回船上去。」Tiyao王子拉著胖胖男孩手臂說。

此時，太陽仍猶醒未醒，光芒仍半藏在輕柔微紅的雲被裡。Tiyao王子和胖胖男孩也一樣，帶著猶濃睡意，回到船上躺下，再次進入黑甜夢鄉。

49.治療毒蛇咬傷

香噴噴的魚肉飯味道把胖胖男孩喚醒了，他一睜開眼睛，就看到瘦小女孩拿著木碗在他眼前晃。瘦小女孩看到胖胖男孩醒了，立刻端著碗跳下船，跑到岸上，臉上全是促狹的表情。

「你很壞耶，竟然用魚肉飯誘惑我。」胖胖男孩追過來說。

「誰叫你這麼晚才起來。」瘦小女孩笑著，對想要追打她的胖胖男孩說。

「好了，人家是跟你開玩笑的，這碗給你。」Tiyao王子指著地上的碗說。

胖胖男孩瞪了瘦小女孩一眼，女孩也回瞪他。胖胖男孩坐在Tiyao王子身邊吃起魚肉飯，瘦小女孩也坐在Tiyao王子身邊，兩個孩子邊吃邊玩嬉鬧著。

「等會吃飽又要去探險了，不過這一次比較危險喔。」Tiyao王子說。

「我不怕。」胖胖男孩說。

Tanu看著Tiyao王子問：「我們是划船過去還是走海岸沙灘過去？」

Tiyao王子看著大海，想了一下說：「沼澤區，樹林區，還有什麼？」

「這四周都是沙洲、礁岩，往裡面一點，如果我想得沒錯的話，應該是河流，河流是從大山那邊流到這裡來的。」一名勇士說。

「你說得沒錯，這裡就是那條河流的出海口。和Baagu村的河流出口不一樣，應該說是我們在Torobuan村看見的大河流和這條河的出海口，就是這裡。因為這裡出現一個礁岩沙洲，把這出海口分成兩邊。」

Tiyao王子在沙灘上用長木條畫了剛才自己所說的地形。

眾人一看都傻眼了，胖胖男孩說：「原來這裡全都是大海。」

這裡的海岸礁岩山坡綠意無限，沙洲周圍遍布著矮木林、草原和沼澤。沼澤上方，水氣蒸騰，煙霧繚繞。這一大片海岸山林有很多溪流穿插而過，峽谷深邃，充滿了神祕色彩。想一想，大巨人會不會是山中的神物呢？

「大巨人出現，是不是要告訴我們，在河流的上方，也就是大山的山谷中，有另外一群人呢？」Tanu異想天開地說。

「這就是我們今天要去探索的原因。」Tiyao王子說。

Tiyao王子看著沙灘上自己畫的圖沉思片刻，然後又用腳抹去。

一會兒，海水沖上岸來了，Tiyao王子說：「漲潮了，該出發了。」

所有人趕緊收拾好工具和器具，Tiyao王子下令說：「船篷收一半就好。」

Tanu不明白Tiyao王子為什麼這麼吩咐，卻深信王子做事總有他的道理，於是聽令行事，準備開船了。

瘦小女孩把小竹簍給胖胖男孩，說：「待會你會用到它。」

「你是要給我裝藥草嗎？」胖胖男孩說。

瘦小女孩點點頭，沒有多說，坐下來等著開船。

船終於離開海岸，往河流方向航行。這裡仍是大海的一部分，風浪似乎更大，陽光升起來了，萬丈光芒照得大海閃閃生輝。越往海岸山林深處，風浪變得更小更弱了。這個河面比Tiyao王子想像的大很多，和上一次一樣，一路上陣陣飄來果樹芬芳的花香，猴子仍兀自在沙灘上奔竄，沙灘上面的草叢裡隱隱約約藏著幾處暗沙。

船行良久，Tiyao王子突然發現遠處有影子晃動，於是叫勇士在一處沙灘停船，人船都躲進草叢，一邊觀察附近的動靜。一會兒，就看見一群人拿著弓、揹著箭筒走過來又走回去，走回礁岩邊，有個人躺在那裡，那人腳踝上似乎正在流血。那群人說著聽不懂的話，和Tiyao王子族群的語言不一樣。他們當中有個人手裡拿著一條蛇，蛇身軟軟的，應該已被殺死了。

「那個人被蛇咬傷了，這是一條毒蛇耶。」胖胖男孩低聲說。

「你怎麼知道？」Tiyao王子驚疑地說。

「那個人的腳踝開始紅腫瘀青了，再不解毒，把毒血吸出來，毒血到了心臟的話，他就會死掉的。」胖胖男孩著急地說。

「是不是你爸爸教你的？」Tiyao王子輕聲問。

胖胖男孩點點頭。那群陌生人看著受傷的人痛苦的樣子，想移動他的身體卻移動不了。

「你的百毒散帶了嗎？你跟我過去，其他人留在這裡。」Tiyao王子對胖胖男孩說完後對Tanu說。

Tanu很擔心，但是Tiyao王子要做的事誰也攔不住。胖胖男孩和Tiyao王子離開隱身的草叢，悄悄地沿著沙灘走，在海岸山坡與沙灘交會的地方現身。這群人乍見他們二人，手摸著腰間的刀戒備著。由於雙方語言不通，所以Tiyao王子首先高舉雙手示好，又在沙灘上畫出一條蛇咬住一個人的圖像。這群人瞪視著Tiyao王子，滿臉不可思議的驚訝表情。

Tiyao王子對胖胖男孩說：「要趕快把傷口的毒血放出來，否則會死掉。」

胖胖男孩趕緊把百毒散拿給Tiyao王子，旁邊一人咿咿喔喔，似乎在說：「你能救嗎？」Tiyao王子點點頭，然後在眾人的圍觀下慢慢接近那個被毒蛇咬傷的人。Tiyao王子比手畫腳向他示意接下來的動作會很痛，那人咬著牙點頭。Tiyao王子從旁邊一人腰間抽出一把刀，俐落地在傷口上劃下，又黑又濃的毒血瞬間流出。Tiyao王子撕開自己身上一塊麻布，拭去血水，然後在傷口上灑了些許百毒散，不料那傷者卻因疼痛而突然昏過去了。這群人一見焦急得不得了，Tiyao王子立刻用手摸著他的鼻息笑了，轉頭看著其中一個人示意說：「你過來看看。」那個人也照樣做，發現傷者還有鼻息，於是也露出了笑容。

Tiyao王子起身走回到胖胖男孩身邊，胖胖男孩笑著說：「現在要走了嗎？」

「不，要等他醒來。大概多久呢？」Tiyao王子說。

「我爸爸說看中毒的情形，最快也要一刻鐘，最慢三到四刻鐘。」胖胖男孩回答說。

「那好我們留在這裡等他醒來。」Tiyao王子說。

Tiyao王子和胖胖男孩坐在旁邊岩石上等著，這群人看著他們倆。Tiyao王子又打手勢表示要等傷者醒來才放心離開。

河水湍急地流著，一路奔流到大海裡。河水湍急是因為河床有大石頭阻擋之故，坐在河岸邊岩石上，可以清晰地聽見「嘩嘩嘩」的聲音，不時還有從山裡面吹過來的風，很舒服、很涼爽。Tiyao王子突然想起之前在山洞裡的情景，於是，離開岩石，沿著河岸尋找從山裡流出來的水源。他用手捧起溪水，喝了一口，果然甘甜清爽。胖胖男孩見狀也走過來喝水，一邊環顧周遭。清風，山澗，鳥鳴，這不就是想像中的神仙境地嗎？

50.祭司設壇唸咒

大祭司為了幫助村民順利完成建村工程，在大巨人二度出現時，於溪谷附近設壇。怎知當大祭司準備好法器時，大巨人竟然一溜煙不見了。然而，大祭司還是繼續唸著咒語，恭請神祇保佑。結果，才剛唸完咒語，溪水就突然變多，漲了起來，而且淹沒了大石頭。

「你們看，河水變多了！」最先發現的村民高聲說。

眾人看見這情景開始議論紛紛，擔心河水在流歸大海的半路上，這樣漲大水是會淹沒村落的。

Kaku也急了，看著大祭司哀求說：「大祭司……」

大祭司點頭表示會意，然後放下高舉著的法器說：「這一切都是天意，天神的安排。」

「那現在什麼都不能做嗎？」Kaku憂慮地問。

「你現在要負責把新村落建造完成。」大祭司說。

不一會兒，河水水量減少，水位下降了，村民莫不瞠目結舌。這個時候，大地又震動了一下，搖晃了山林，驚嚇了飛鳥和野兔。

「大巨人是不是感應到了大地震動，所以才現身警告？」Kaku說。

大祭司收起祭壇，準備回祭司府。大部分的村民都逐漸散去了，只有原本在山坡上種植的人，看完熱鬧又回頭工作去了。

「剛才大地震動了。」Wban說。

「最近村落可真不平靜，又是大巨人，又是大地震動的，會不會有什麼災難要發生啊？」Basin皺著眉頭說。

「災難？別胡說。」Ipai不以為然地說。

Avas剛從山坡走下來要回村落，正巧遇見了Wban她們，彼此打個照面。

「Avas，你又出來找糧食了？」Ipai說。

「是。對了，剛才大地震動有嚇到你們嗎？」Avas說。

「哈，小看我們了。」Wban笑著說。

「Tiyao王子回來了嗎？」Ipai問。

Avas沒有回答，靜靜地看著Ipai、Basin和Wban三個人片刻，突然說：「我要回去了，改天再聊。」

Avas說完就走上橋回村落去了，Ipai看著Avas的背影說：「我比她幸福多了。」

Wban和Basin看著Ipai，不知道她的話是什麼意思，無法回應。於是，三個人默默無言地各回各家去了。

51.Tiyao王子英勇救人

大地震動，不僅村落受到影響，連遠在村落外的Tanu等人都感受得到。

「大地又震動了。」一名巡守隊員說。

「奇怪，怎麼在這時候出現大地震動呢？」Tanu說。

藏身草叢的Tanu非常擔心Tiyao王子的安危，於是謹慎地探出頭來，看Tiyao王子現在的情況。一場大地震動把山上這一群人驚嚇住了，Tiyao王子和胖胖男孩一感受到地震，隨即機警地站了起來，準備應對。

胖胖男孩正好抬頭看見上方石頭有點鬆動，伸出手指著大聲說：「那個大石頭好像要掉下來了。」

Tiyao王子朝胖胖男孩手指的方向看去，只見細碎的小石子不斷流下，驚呼：「不妙。」

Tiyao王子說著立刻跑向前抱走毒傷的那個人。結果，一個不注意，兩個人翻身跌倒在沙地上。Tiyao王子半身跌在水裡，只見山坡上細碎的小石子後面跟著滑下了一顆大石頭，狠狠地砸到了剛才傷者躺臥的地方，眾人看了不禁傻眼。

目睹Tiyao王子勇敢的拯救行動，胖胖男孩也驚呆了，回神過來後趕快跑向前去，扶起Tiyao王子說：「你受傷了？」

「沒關係。」Tiyao王子安慰著說。

那個受毒傷的人終於醒了，他睜開眼睛，看見了自己的人，另外還多出了兩個陌生人，一臉茫然。

那傷者對自己人說：「這是怎麼一回事？」

隨行的人就告訴他，關於他被毒蛇咬傷，以及大地震動，他差點被大石頭砸中的一切事情。那個人看了看橫躺在岸邊的大石頭，然後向Tiyao王子靠近，鞠躬，表示感謝之意。

「我們是住在山上的部落。」那個人說。

「我住在大海邊。」Tiyao王子說。

兩個人比手勢交談又交換了信物後，Tiyao王子說：「看來你應該是部落的首領吧？」

「救命之恩永記在心。」那個人說。

Tiyao王子和那個首領除了打手勢溝通，又各自在沙地上畫了一些符號，可以說是一些容易會意的共同語言吧。

「要回去了。」那個首領說。

這一群人立刻離開，又是攀溪，又是越山，很快消失在樹林中。

Tanu走過來，擔心地問候：「王子，剛才看你跌倒了，不要緊吧？」

Tanu看著Tiyao王子受傷的手，著急地說：「手都受傷了，要敷藥。」

「不要緊的，我們回去吧！」Tiyao王子說。

Tanu和Tiyao王子走回了岸邊，胖胖男孩從矮木林下的草叢中走出來。

「你去那裡幹嘛？要回去了。」Tanu說。

三個人回到原先下船的地方，三名巡守隊員已經把船拉到河灘上了。瘦小女孩一看見Tiyao王子的身影，馬上綻開笑容，向前抱住Tiyao王子。

瘦小女孩沒見著胖胖男孩，又看見Tiyao王子的手流血了，於是擔心地問：「胖胖男孩呢？」

瘦小女孩眼睛四處逡巡，找尋胖胖男孩的蹤跡。

「不用找了，我在這兒。」胖胖男孩突然冒出來說。

「你在做什麼？」瘦小女孩問。

胖胖男孩拿出一個扁扁圓圓的石板，上面放著綠綠磨碎成醬的草。

「那是什麼？」瘦小女孩又問。

「給Tiyao王子止血用的。」胖胖男孩說。

瘦小女孩上船之前趁機抓住Tiyao王子的手，胖胖男孩立刻把石板上的藥草敷在Tiyao王子手上，Tiyao王子有點疼痛的表情，唉了一聲。

「你不能帶著傷回去。」胖胖男孩說。

Tiyao王子聞言笑了，Tanu看到這一幕非常感動，王子說：「你的竹簍又裝滿藥草了？」

「你在跟剛才那些人說話的時候，我跑去附近採的，然後想到你也流血了，爸爸有教我止血的藥草。」胖胖男孩說。

「現在就等藥草乾了。」Tiyao王子說。

胖胖男孩點點頭。敷完藥之後，所有的人都上船，要回村落去了。此時，太陽斜照山林，七彩光芒在樹影下的海水與河水交會處的水面上晃動不已。

52.結束刺激的一天

一行人坐在船上望著大海，Tanu說：「想不到這河面比我們村裡的還要寬，還要長。」

幾隻猴子在沙灘上走來走去，果樹連枝帶葉迎風搖動，花香、果香充滿空氣中。

「肚子餓了吧？」Tiyao王子說。

「之前在果樹林裡採了一些果子，大家吃幾顆吧，可以充饑。」Tanu說。

一行人坐在船上，一邊欣賞江海美景，一邊大啖果子。

Tiyao王子忍不住地看著草澤地，說：「我們去那邊看看。」

「咦？」Tanu不解地應了一聲。

「又要去探險了？」胖胖男孩問。

「今天過得刺不刺激？」Tiyao王子笑笑說。

胖胖男孩點點頭。草澤地外的淺灘上棲息著上百成千隻群鶴，飛鳥聚集，大大小小的紅白綠蟹在沙灘上橫著走。

船停靠好後，Tiyao王子說：「看來這片沼澤地資源很多，很適合來這裡挖寶喔。」

揹著小竹簍的胖胖男孩一下船，又馬上開始在草叢裡尋寶了，Tiyao王子和Tanu也帶著隨身工具往沼澤裡走了。

突然一名巡守隊員大叫：「有人來了！」

Tiyao王子和Tanu聞聲立刻停下腳步，王子說：「你去找孩子們回來，我去看看。」

Tanu找到胖胖男孩和瘦小女孩後一起在淺灘上等待，Tiyao王子和巡守隊員前往發現船隻停靠的地方，很小心地靠近船隻。

「這不是村落的船隻嗎，怎麼會在這兒？」Tiyao王子說。

巡守隊員正覺得納悶，卻看見有人從沼澤裡走出來，隨即放鬆警戒說：「是Anyao。」

「Anyao。」Tiyao王子叫了一聲。

Anyao聞聲抬頭，一看見Tiyao王子，馬上快步走到淺灘旁邊。

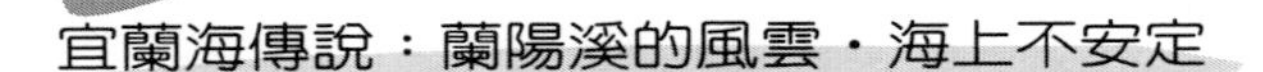

「你怎麼會在這裡？」Tiyao王子驚訝地說。

Anyao看著大海對岸的海岸礁岩說：「起先我沿著對面海岸一直走，一路巡視，後來乾脆跟村民借了一艘舢舨船，想說過來看看這片沼澤地。」

「有發現什麼嗎？」Tiyao王子問。

「嗯，和Baagu村的沼澤差不多，一樣有著溪谷、矮木林、草叢，還有野鳥很多。」Anyao說。

Tiyao王子交代同行的一位勇士說：「你去告訴Tanu把船划過來，我在這裡等他。」

巡守隊員立刻應命快步離去。

Tanu遠遠看著巡守隊員走過來，人還沒走到，他就出聲喊道：「怎麼，只有你一個人？王子呢？」

巡守隊員走近前，告訴Tanu，Tiyao王子要他把船划到前面，並且說Tiyao王子現在和Anyao在一起。Tanu聽到之後非常驚訝，於是高興地招呼孩子們趕快上船。巡守隊員和Tanu也上了船，船啟動。

53.Kaku煮了兩鍋魚湯

沙灘上，Kaku持槍獵魚，刺了好一會兒都毫無所獲。然而他不氣餒，一試再試，這次果然順利刺到了一條大魚。Kaku心想：「從先祖開始，三千年來一直依賴著這片大海而活，如今要搬遷到山坡上居住，實在有點不捨呢。」

Kaku還在想著心事，Kulau不知何時來到了他身旁，問說：「這兩天怎麼沒看見Anyao，這小子去哪了？」

「Torobuan村和Baagu村一樣，大家都在忙著建新村落啊，現在Tiyao王子和Tanu又不在，或許在哪裡巡視村落吧。」Kaku說。

「希望如此。」Kulau說。

「村落進度怎麼樣？」Kaku問。

「一切都很順利。」Kulau答說。

Kaku把剛才刺到的大魚放在木桶裡，又繼續在海岸邊搜尋獵物，直到太陽下山才走回頭。Kaku在矮木林搭起營火煮了兩鍋魚湯，他讓巡守隊去通知村民到龍王廟一起喝魚湯，連沙洲上的Torobuan村也被通知來了。Ipai煮了一鍋飯，村民也在旁邊烤起魚串和螃蟹、蝦子，Wban把薯泥放在鐵盤上煎烤。

Kaku看著村民陸陸續續來到，面帶笑容站在龍王廟前說：「今天我獵了幾條大魚，煮了些魚湯和大家一起分享，主要是慰勞大夥的辛苦。最近，大家忙著建新村落，前些日子又有大巨人事件和大地震動。這一段時間，大夥對我的支持和信任，讓我深深體會到愛護村落需要先愛護所有村民。所以，今晚以後大家努力地把村落建立好，一起等待我們的村落共主Tiyao王子回來。」

村民聽完自動拍手鼓掌，熱情的歡呼聲掩蓋了海浪聲。

「現在大家盡情享用吧。」Kaku宣布說。

村民喜笑顏開地大啖美食，顯得十分滿足。

大祭司也來了，Kulau立刻招呼說：「大祭司，你也一起來吧！」

大祭司沒有說話，直接走到Kaku面前說：「你做得很好。」

「大祭司。」Kaku靦腆地輕聲說。

「我來是要告訴你一件好事，Tiyao王子要回來了。」大祭司說。

「什麼時候？」Kaku問。

「我推算是明天。」大祭司說。

Kaku一聽露出高興的笑容。令人垂涎欲滴的烤魚香氣充滿整個沙灘，海面晃盪，起著陣陣波紋，沒多久就起大風了。

Kaku很擔心，轉頭對大祭司說：「這風不要緊吧？」

大祭司想了一下，淡定地說：「這風是喜事，告訴村民新村落即將完成。」

「這麼快？有些地方還沒做好呢。」一個村民說。

「那大家就要更加努力啊。」大祭司說完就離開了。

Kaku不放心，要Kulau和巡守隊在結束晚餐之後立刻讓村民回家好好休息，自己則繼續巡視村落市集才回到住所。

54.Tiyao王子再度失蹤

入夜後星光點點，但烏雲又不時地隨風飄過，遮住了星光。接著，海面起風了，Kaku趕快安排巡守隊派船護送Torobuan村村民安全回到村落住所，也囑咐Tamayan村和Baagu村村民回家後要記得檢視屋舍。今晚的風真大，海面上的浪紋開始推高，逐步推進了沙灘。

「都安排好了？」Kaku問向他走來的Kulau說。

「嗯。」Kulau輕聲回答。

「你也回去吧。」Kaku說。

「那你……」Kulau話只說了一半。

「我再巡視一下，四處走走看看，就會回去了。」Kaku說。

Kulau沒有再說什麼，就離開沙灘，返回住所去了。Kaku繼續在風中巡視著村落。

在此同時，Tiyao王子也在海岸山坡上觀望。Tiyao王子想著，這一片大海，沙洲遍布，彼此之間其實是可以通行的，但要如何規劃來往路徑呢？風從海上吹向岸邊，又從大山吹向海面，因為風勢太大，Tiyao王子幾乎站不穩。風浪淹沒了細石沙灘，一直沖激到礁岩沙灘前才止住浪腳。礁岩後面的沙灘佈滿綠藻，這些綠藻許久以來都是村民日常生活的必需品。

只見Tanu從山坡下走上來，喊道：「Tiyao王子，該休息了。」

「都安頓好了？孩子們睡了嗎？」Tiyao王子說。

「睡了。」Tanu說。

「你先去睡吧。」Tiyao王子說。

「今晚風特別大，還是早點休息吧。」Tanu說。

風大無雨是什麼徵兆？Tiyao王子心裡想著，要是下雨了，建村的事又要延後了。而且，風這麼大，恐怕會吹倒剛完成部分工程，那麼村民不就白做工了？Tiyao王子一邊想著，一邊和Tanu離開山坡回到船上休息。寂靜的山坡開始飄雨，風勢助長雨勢，也助長了浪濤，船突然被漂了起來，眾人一時都被驚醒了，只見四周都是海水。

「難道海水漲到沙灘這裡來了？」Anyao驚訝地說。

「外頭正在下著大雨呢。」Tanu說。

「待在船艙，誰都不許離開。」Tiyao王子說。

「Tiyao王子，你想做什麼？」Tanu擔心地說。

「我的竹笠拿給我。」Tiyao王子說。

「現在外面的風雨很大，你要去哪兒？」Anyao也面有憂色地說。

大家知道阻止不了Tiyao王子的行動，只能守在船上。Tanu只好將Anyao借來的船和自己的船牢牢綁在一起，眾人同擠在一艘船上等風雨停歇。Tiyao王子跨出船艙，腳蹬Anyao的船，準備躍身跳下船。不料，Tiyao王子一剎那間就被沖激上岸的海浪襲捲而走。

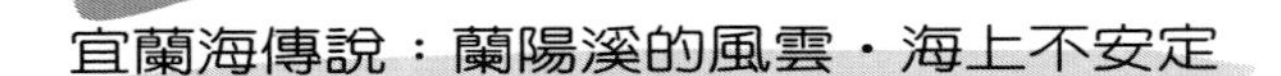

Tiyao王子消失了，風瞬間停了，雨也停了，大地恢復了平靜，一直到太陽出來為止。然而，船上的其他人都不知道Tiyao王子失蹤的事。

55.決定深入沼澤

太陽高掛天空，直射的陽光照在人臉上，強烈光線刺激眼睛。被催醒的巡守隊員立刻發現Tiyao王子失蹤了，船上只遺下一頂Tiyao王子的竹笠。Tanu和Anyao被巡守隊員喚醒，聽聞報告後馬上動身四處尋找，海岸山坡、沙灘都尋了個遍。胖胖男孩和瘦小女孩也加入搜尋行列，著急得都快哭了。眾人焦急萬分，但找了半天卻毫無所獲，大家累得暫時回船上休息，坐著發呆。

不料，這個時候Tiyao王子突然出現了，對大家說：「你們怎麼了？個個無精打采、垂頭喪氣的，有誰死了不成？」

眾人聞聲紛紛抬頭看著Tiyao王子，如夢似幻，表情驚訝。

「怎麼了？你們。」Tiyao王子說。

「你去哪裡了？大家都以為你失蹤了。」胖胖男孩著急地說。

「就是呀！你真的很會嚇人。」瘦小女孩也又急又氣說。

「是啊，一早起來，只看見竹笠，沒看見你。」Tanu說。

「沒看見我，就說我失蹤？」Tiyao王子笑笑說。

「因為你常常莫名其妙失蹤啊。」胖胖男孩說。

Tiyao王子拍拍胖胖男孩的肩膀，將他抱起來，放下胖胖男孩後又抱起瘦小女孩，然後對大家說：「我確實不知道是怎麼回事。昨晚我一走出船艙的時候，風雨突然加大把我吹倒了，然後我就不省人事了。等我醒來的時候，我卻是躺在沙灘上。然後，我就把竹笠丟到船上，徒步到河流上游去走走逛逛。」

「好神奇喔。」瘦小女孩閃著晶亮的眼睛說。

Tiyao王子放下瘦小女孩，定定地看著大家。

「王子是不是發現什麼了？」Tanu問。

「在這個海岸礁岩和對岸的沼澤之間的河口，上游的大山有許多溪谷、山谷。」Tiyao王子說。

「那不就跟南方大河口一樣。」Tanu說。

「沒錯。」Tiyao王子說。

「是不是該回去村落了？」Anyao提醒著說。

眾人看著Tiyao王子等他吩咐，Tiyao王子說：「Anyao，你先帶大家回去，我要去沼澤那裡看看。」

「我也要去。」胖胖男孩說。

「不行。」Tanu說。

兩船的繩索被解開了，Tiyao王子推著舢舨船準備離開，交代說：「在太陽下山以前我要是沒有回到村落，再派人過來找我。」

船被推入海水中，Tiyao王子跳上船。胖胖男孩這時不等人阻止即快速跑上前想躍入船裡，結果跳不上，落海了。胖胖男孩怔怔看著Tiyao王子，想他拉一把。

「你該回去了。」Tiyao王子說。

胖胖男孩拚命搖頭，Tiyao王子不得已，只好拉他上船。

「你們回去吧！」Tiyao王子對著沙灘上的Tanu等人說。

眾人目送Tiyao王子的船隻離開。Tanu看了Anyao一眼，兩人會心一笑。

瘦小女孩看著他們倆，也眨眨眼睛狡黠地笑著。

「我們也一起去！」

大家異口同聲說出這句話。三人喜悅的笑容就像照在海面上的陽光那般燦爛。

56.怪客帶來了信物

經過一夜的風雨吹襲，沙灘上流失了不少農作物，但大海裡的魚蝦卻比平時多了一倍，村民趕忙拿著器具盛裝著這天上掉下來的禮物。

Ilau也置身撈魚者行列，只見她一邊撈魚一邊說：「大祭司不是說Tiyao王子今天要回來，怎麼到現在沒看到人？」

Avas靜靜地將木瓢裝滿水，看著大海，海岸礁岩經過風雨的洗淨之後似乎多了幾分幽靜之感。Tiyao為了村落的事，時常遠離村落，就像船隻遠離了停泊的沙灘一般。Avas想著心事，不自覺地嘆了一口氣。

Ilau看見Avas傻愣愣的模樣，問道：「你在想什麼？」

Avas被Ilau驚嚇了一下，茫然地說：「什麼？」

「別騙人了，你在想Tiyao王子，對吧？」Ilau說。

Avas收起木瓢說：「這些夠讓我們做一鍋海鮮湯了，還可以加些野菜一起煮。」

Ilau和Avas笑著對望片刻之後，就並肩離開了沙灘，回到村落。

Basin在沙灘上河岸邊洗著衣物，洗完正準備回村落，卻發現一名巡守隊員匆匆走過來。

Basin停下腳步，看著巡守隊員說：「發生了什麼事嗎？」

「新建好的村落又發現大巨人了。」巡守隊員神情憂慮地說。

「什麼？」Basin驚呼一聲。

巡守隊員告辭，繼續趕路要去報告Kaku和大祭司。

Basin回家後一直不放心，想著還是去看個清楚比較好。當她走出家門來到市集，卻看見村民神情自若、無所畏懼的樣子，還有一些村民正準備到山谷去建村呢。

Basin不解地說：「大巨人又出現了，你們都不怕嗎？」

「大巨人出現是要告訴我們趕快建好村落啊。」一位村民說。

「昨夜大風大雨，不知有沒有吹壞村落，得去看看。」又一位村民說。

村民離開了市集，Basin一個人繼續在市集裡閒晃著。這時，一群從大海方向而來的陌生客船悄悄跟在村民的舢舨船後面靠岸。原來，這群奇怪訪客一發現真的有一群人生活在這片沙灘，就緊跟著村民的船隻來到Torobuan村的淺灘上。他們的奇怪行跡，立刻引起村民的警覺，幾個村民站在礁岩上，遠望著這一群海上怪客，大家的心裡都有點慌亂，不知如何是好。

「Tiyao王子不在，Tanu也不在，怎麼辦？」村民說。

「要不要通知大祭司和Kaku呢？」另一村民說。

巡守隊員立刻急匆匆過橋，快步趕到Baagu村找Kaku和大祭司。這個時候，客船上有一個人先行下了船，雙手舉起來表示善意，慢慢地走向前。

「我要來找一個人。」怪客說著另一種語言。

村民聽不懂，沒有回答。那個怪客領悟到雙方語言不通，，於是在沙灘上用長刀劃了幾個符號，幾個村民湊近看著。

「我是來找人的。」村民又打手勢說。

村民互相看了一眼，一臉茫然。這時，Avas和Ilau得知消息也趕到沙灘來了。那個怪客從腰際拿出Tiyao王子所給的信物，遞給村民看。

「啊，那是Tiyao王子的東西！」村民驚呼一聲說。

Avas聽到了Tiyao王子的名字，立刻穿過人群，來到現場。看著那個怪客手中的信物，Avas心想：「難道是Tiyao王子發生了什麼事嗎？」

Avas故作鎮定，心平氣和地說：「你怎麼會有這東西？」

「這是他給我的信物，我也給了他我的信物。」那個怪客繼續比手畫腳說。

Avas一了解到是Tiyao王子送給他的東西，就略微放了心。只是現在Tiyao王子不在，怎麼辦呢？

怪客和村民雙方就這樣靜默無言僵持了一刻鐘，最後Avas說：「讓他們到巡守隊的小木屋裡等著吧，另外派人去看一看Tiyao王子回來了沒。」

村民別無他法，又看到怪客似乎挺友善的，只好聽從Avas的安排。

祭司府裡，大祭司感應到Tiyao王子快回村落來了，但途中似乎有事延宕了。只是，究竟發生了什麼事呢？卻感應不出來。大祭司正想離開外出時，卻得到巡守隊報告，有怪客來到，在Torobuan村。

大祭司趕緊離開祭司府，卻在市集遇見了Kaku，兩個人交換消息，發現被告知的情形大致相同。村落裡其他人也都陸續聽聞了怪客的事情，大家開始議論紛紛，喧騰混亂了起來。

57.終於等到Tiyao王子

這群怪客非常安分地待在小木屋裡，Avas熱誠地拿出村落的水酒招待他們。那位拿出Tiyao王子信物的怪客一直看著Avas，Avas也盯著他看。

怪客比手勢說：「你是這個信物主人的女人吧？」

Avas點點頭。Avas感到十分好奇，對方怎麼會認識Tiyao，而且還擁有王子的信物？

Avas說：「你們怎麼認識的？」

「他救了我一命，我是來報恩的。」怪客說。

Avas沒有再說什麼，只是靜坐著陪客。巡守隊員站立在兩旁警戒著，屋裡屋外都充滿著不確定的變數。

Ilau在市集裡倉惶失神地徘徊著，等到Basin來到，立刻拉著Basin的手臂說：「你終於來了，跟我來。」

二人跑著離開村落，很快來到沙洲一角，這裡的礁岩附近雜草茂密，高及人肩。

「在那裡。」Ilau喘著氣說。

「等等，你跑這麼快，要累死我啊。」Basin也氣喘吁吁地說。

「對不起，沒時間了。」Ilau說。

Ilau來到一處人跡不到的沙灘，看著大海遠處。只見海岸山坡上群樹枝搖葉盪，風吹颯颯，海浪一波波湧向沙灘。

「你在看什麼？」Basin眼睛跟著Ilau的視線，一邊問。

「Avas叫我看Tiyao王子回來了沒。我想了很久，覺得在這裡一定可以遇見Tiyao王子。」Ilau說。

「這裡？」Basin懷疑地說。

「你看看，那邊的山坡就是通往新村落的路，我聽Tanu說過，他時常和Tiyao王子來這裡，這一次他們一定也會經過這裡的大海回來。」Ilau說。

Basin看著一望無際的大海，連個鬼影子都沒有，笑笑說：「Ilau，你會不會搞錯？這大海什麼都沒看到啊。」

「等著，大祭司說過，Tiyao王子今天會回來。」Ilau說。

「大祭司？說不定大祭司說的是Tiyao王子的信物會回來。」Basin說。

Ilau突然看了Basin一眼，讓她嚇了一跳。

「唉，你又不是不知道，Avas其實很想念Tiyao王子。」Ilau嘆口氣說。

Basin被說得啞口無言，兩個人靜靜地走到沙灘上的小岩石上坐著。

突然間，Basin看著大海遠處，跳起來大聲叫著：「Ilau，Ilau，你看。」

「你叫什麼？」Ilau說著看向海面，一艘船，不，是兩艘船，「啊，是Tiyao王子回來了。」

她們立刻跑到沙灘靠海的地方大力揮手，揮得都快跌入海中了。在船上的Tanu和Anyao看見有人揮手，覺得不可思議，瞇起雙眼眺望。

「Tiyao王子，有人揮手。」Tanu轉頭向坐在船艙裡的Tiyao王子說。

Tiyao王子也站上甲板望著說：「看他們揮得這樣急，想必是發生了什麼事吧？」

「要加快速度過去嗎？」Tanu問。

Tiyao王子輕聲答說：「嗯。」

於是，船速加快，一會兒就接近沙灘了。

「是Ilau和Basin兩個人。」Tanu首先認出二人說。

Anyao感到驚訝，Basin怎麼也在這裡？沙灘上的Ilau和Basin兩個人揮手揮得累了，一屁股坐在沙灘上，休息一下。

「是Tiyao王子沒錯。」Basin看著海面上的舢舨船說。

Ilau喘了喘氣，一邊看著海面，發現Tanu和Anyao正划著船向她們靠過來。只見船越來越近，終於靠岸了，Tanu和Anyao將船固定好，同時跳下船。

「你們兩個怎麼在這裡？」Tanu驚訝地問。

「我們是來等Tiyao王子的。」Ilau開心地答說。

「等我？」Tiyao王子帶著兩個孩子走過來，好奇地問。

「是Avas找你，她現在正在村落外巡守隊的小木屋等你。」Ilau說。

「發生了什麼事嗎？」Tiyao王子急切地說。

「是這樣的，今天有一群怪客突然來到村落，其中一人還拿出你的貼身信物，說要找你。」Ilau說。

Tiyao王子想著Ilau的話，信物？Tiyao王子思忖著，一邊摸著腰際。

Tiyao王子從自己身上拿出一個信物，有所領悟地說：「我知道了，我這就去小木屋。」又看著Tanu說：「你們把船拉回村落，將孩子們安全送回家。」

Tanu點點頭答道：「是。」

接著，Tiyao王子和Ilau及Basin三個人快步離去，趕往巡守隊的小木屋。Tanu和孩子等人，也拖曳著船，一路往村落方向走去。

58.報恩加上貿易往來

大祭司和Kaku兩個人並肩步入小木屋，一時引起這群怪客的緊張，紛紛摸著腰際的刀，準備隨時行動。

「大祭司，你們怎麼來了？」Avas站起來招呼說。

「這群人拿走Tiyao王子的信物來到村落，有沒有傷害你和村民？」Kaku擔心地問。

「沒有，沒有，你誤會了。」Avas趕緊解釋說。

Kaku看著這群怪客手上的刀，眼神仍充滿戒備。這群怪客中的領袖，也就是先前拿出信物的那位，向同來者微微點頭示意，要他們收起刀。

「不是他們搶走的，他們是來報恩的。」Avas笑著說。

「報恩？」大祭司不解地說。

Kaku繼續瞪視著這群怪客，大祭司也一臉茫然。

「說他們來報恩也對。」

語聲剛落，只見Tiyao王子現身在門口。這群怪客一見，乍然露出驚喜的表情。眾人看著Tiyao王子走進來，也一臉期待，都想知道事情的真相。

「這是怎麼一回事？」Kaku率先問道。

「我在這次南方大海之旅中救過他們，也互相交換了信物。」

Tiyao王子說著，一邊拿出身上的信物。這群怪客看著Tiyao王子手上的信物確實沒錯，都綻開笑容。

「你還留在身上？」那個怪客領袖笑著說。

Tiyao王子看看屋外天色，又對著大祭司說：「大祭司，Kaku，來者是客，今晚就讓我招待這幾位客人。現在，就先請大家各自回去休息吧，希望大祭司能代替我出面安撫村民，感謝。」

這時，一名巡守隊員進來對大祭司報告說：「大巨人消失了。」

大祭司聞言臉色微變，眼睛看著眼前這群陌生客人思忖片刻，終於悟出先前感應不到的理由了。

「那我們就回去了。」大祭司神情安詳地說。

大祭司說完就拱拱手走出屋外，臨走前回頭看著Kaku，Kaku會意，也告辭離開。於是，兩個人先後步出小木屋，並肩走回村落。

小木屋裡，Tiyao王子深情地看著Avas，Avas有點羞赧地微笑低頭。

「Avas。」Tiyao王子輕喚著。

Avas抬頭笑著，看著Tiyao王子說：「不用請，我知道該好好接待遠方貴客，我這就去叫人準備一些水酒和食物給你們聚聚。」

Tiyao王子笑笑沒有說話，看著Avas走出屋外，才轉頭對遠來的客人點頭致意。

怪客領袖說：「你的妻子溫柔美麗，又有禮貌，真是世上奇女子。」

「多謝讚美。」Tiyao王子微笑說。

「我先介紹自己，我是Kena，在大山山谷一帶建立自己的部落，他們都是我的族人。」Kena說。

Tiyao王子看著對方，也友善地做了自我介紹。經過溝通，Tiyao王子了解到對方並非單純地造訪，還有意與他們做貨物交易。雙方村落可以選定幾個不同地點做貨物交易，但應該訂定怎樣的條件，如何合作，才能保障自己村民的利益呢？這事考驗著Tiyao王子的智慧。

59.大巨人和怪客有關聯嗎？

集會所裡，Kaku一直沉思著怪客的事情，操心著怪客是否已經離開村落，沒有製造什麼禍端。

Ipai看著他，笑著說：「你又再想怪客的事？」

「是。」Kaku輕聲答了一聲。

「要相信Tiyao王子，他一定不會出賣村民的。」Ipai說。

「我相信他，只是突然出現這些不速之客，我總感覺村落隨時都會面臨危險。」Kaku說。

Ipai靠著他坐下，溫柔地開解說：「放輕鬆點，別過度擔心。」

「大山，那座大山裡面不知道還有多少我們不知道的陌生人……」Kaku仍然憂心忡忡地說。

「你說得沒錯，從村落看上去，不，應該是河流的上游，不知還有多少我們不知道的村落。」Kulau站在集會所門口說。

Kaku看著Kulau走進集會所後，驚訝地說：「你也相信大山裡面還住著其他人？」

「所以，Tiyao王子才要和他們合作，以保村落的安全啊。」Kulau說。

Kaku不解地看著Kulau沒有說話，Kulau解釋說：「這是Tanu傳給Anyao的話，也是Tiyao王子的意思。」

「要怎樣合作？」Ipai問。

「等我們把新村落建好再說吧。」Kulau說。

Kaku默不吭聲，心裡仍有些猶豫不安。集會所內一時寂靜無聲，靜得只聽得到屋外的風聲。如果從屋外看進來，一定覺得氣氛有些怪異，因為在椅子上坐著的三個人，正各懷心思，低頭不語。

「既然人家是客人，我們也該去表示一下吧。」Ipai率先開口，又看著正怔怔凝視著她的Kaku說，「拿出我們村裡的食物請他們吃喝。」

「應該不需要，昨夜Avas已經請他們吃過飯了。」Kulau說。

「好吧，我先去巡視一下村落興建得如何。」

Kaku說完，就離開了集會所。Kaku一路走到市集，只見村民熙來攘往好不熱鬧，還看見路旁三五成群的村民正交頭接耳，傳說著怪客的事。聽說是Tiyao王子幾天前去南方大海探險時遇到了這群人，王子還救了他們的領袖，而且自從怪客出現後，溪谷的大巨人也不見了。村民都相信大巨人一定跟怪客有關係，大巨人不傷人，怪客也不傷人。問題是，這樣的和平是永久的嗎？還是一時的呢？

在此同時，大祭司在祭司府也在掐指盤算，但怎麼也感應不到大巨人和怪客的關聯性。大祭司想，也許有必要向Tiyao王子說明這一詭異現象。於是，大祭司派了小祭司去通知Tiyao王子前來祭司府商討村落大事。

60.互訂盟約

經過一夜休息之後，這群怪客各個顯得精神奕奕，Tiyao王子親自送他們上船。

在經過村落的途中，Kena對Tiyao王子說：「這大海竟有如此美麗之地，是我們在山林無法想像的。」

「是啊，大海和山林都是最美的。」Tiyao王子說。

「哈哈！」Kena聽了之後大笑兩聲，顯得心情極為愉悅。

Tiyao王子也笑了笑，氣氛非常友好。

一行人走到了沙灘泊船處，Kena說：「我期待我族人的山林珍寶能與你們交換海上珍寶，互蒙其利。」

「那是一定的。」Tiyao王子點頭說。

「你如果要來找我，就順著上次你救我的地方再往上走，就會看見我村落的入口門樓，告知他們就可以了。信物還在你身上吧？」Kena說。

「嗯，我也期待著這一天的到來，讓我們能夠共創山林大海的夢幻王國，保衛家園，守護各自的村民，享千年不墜之樂園夢土。」Tiyao王子拿出信物在手上揚了揚，一邊說。

「好說，好說，千年不墜的樂土。」Kena笑著說。

Tiyao王子也笑一笑，看著Kena這群新友人的船隻離去。就這樣，雙方一個在岸上揮手，一個在船上揮手，直到看不見對方影子為止。

Tiyao王子送走客人後慢慢走回村落，當他接近市集的時候，一名巡守隊員來報說小祭司找他，Tiyao王子聞言立刻趕到集會所去。

小祭司一見到Tiyao王子，立刻靠近悄聲說：「大祭司要我找你到祭司府商量事情，這事大祭司沒告訴任何人。」

「這麼神祕，表示大祭司是不是又感應到什麼事了？」Tiyao王子問。

「大祭司沒說，只交代要你到祭司府去。」小祭司答說。

Tiyao王子和小祭司離開了集會所，往祭司府去。沿著沙灘一帶，一路上都可以見到不少村民，正勤勞地在溪流邊洗滌工具，或是站在淺海中捕撈魚蝦等海產，海岸山坡的矮木林也成了村民的最佳休閒地。不遠處，孩子正繞著草叢跑，追著數量奇多的翩翩起舞的粉蝶玩。

Tiyao王子看見路旁有些村民正在煮食，香溢四溢。

「這是給建村的人吃的，大夥都會輪流在這裡煮食，提供工程人員的三餐。」小祭司說。

Tiyao王子看著大夥，露出深感欣慰的笑容，他的笑容也反過來大大鼓舞了人心。Tiyao王子繼續走著，在市集裡不時聽見村民們互相交談的內容，知道大家議論紛紛的事除了陌生怪客，還包括大巨人。Tiyao王子親和地向每一位村民打招呼，笑容滿面。花了不少時間慰問村民之後，才終於走到市集盡頭。

Tiyao王子快走近祭司府時，忽然從村醫所傳來消息，說是有人被毒蛇咬傷，正在急救。Tiyao王子要小祭司先去回報大祭司，請他稍等，他要去村醫所看看被毒蛇咬傷的村民。

61.毒血要先放出來

村醫所內，村醫正在替受毒傷的村民裹藥，紅腫的傷口讓病患痛苦不已。

Tiyao王子看見這情形，低調地問一句：「毒血有先放出來嗎？」

眾人互看一眼，不明所以。Tiyao王子判斷毒血還留在病人體內，於是拿開藥草，持刀劃開腫脹的傷口，結果黑不啦嘰的毒血流了出來，看得旁觀者瞠目結舌。Tiyao王子又用麻布擦去血跡，將傷口洗淨，再敷上藥草。

然後，Tiyao王子站起身來，交代說：「將他包紮起來。」

幾個村醫目瞪口呆，驚訝地看著Tiyao王子，似乎覺得這一切實在太神奇了。

「以後只要有被毒蛇咬傷的病患，一定要先將毒血放出來才能上藥。」Tiyao王子正色地吩咐道。

Tiyao王子離開村醫所，想起大祭司正在等著他，於是加快腳步往祭司府趕去。途中，Tiyao王子看見大祭司行色匆匆地走過來。

「大祭司，是不是發生了什麼事？」Tiyao王子向前幾步說。

「王子，找個地方說話。」大祭司說。

於是，兩個人離開大路，走小徑來到了沙灘。

「大祭司，現在可以說了吧？」Tiyao王子劈頭就問。

「我一直以為大巨人的出現跟村落有關係，可是試過很多次之後，仍然無法得知大巨人為什麼會出現。很多村民以為大巨人跟王子遇上的怪客有關，可是好像又不是如此。大巨人在找Tiyao王子，或是在等王子過去找牠，而你一直沒有出現，所以大巨人又再次現身了。」大祭司說。

「大祭司感應到大巨人有話要跟我說，是嗎？。」Tiyao王子問道。

「是的。也許這是天神的旨意，我才無從得知真相。」大祭司說。

「那麼說來，我應該去會會大巨人才對。」Tiyao王子說。

大祭司靜默無聲。

「我想請大祭司替我設壇祈福。」Tiyao王子說。

「是。」大祭司輕聲答道。

於是，二人分手，大祭司返回祭司府準備祭壇的法器，Tiyao王子則往大巨人的溪谷方向走去。Tiyao王子在草坡上看見幾個孩子在嬉戲，附近幾個小木桶裡盛裝了不少山菇野食。王子還看見胖胖男孩，獨自一人揹著小竹簍，正認真地翻開草叢鑽進去搜尋著。

「你又在找草藥了？」Tiyao王子靠近看著胖胖男孩說。

胖胖男孩拍拍身上的草葉說：「嗯，我認識的藥草越來越多了耶。」

「說到藥草，你身上還帶著百毒散嗎？」Tiyao王子問。

「現在？」胖胖男孩說。

Tiyao王子點點頭，胖胖男孩接著回答說：「有啊，是上次沒用完，爸爸給我自己留著。」

「現在村醫所有人中毒，你趕快送去給他敷上。如果有人問，你就說是我讓你送去的。」Tiyao王子說。

胖胖男孩和Tiyao王子對望著，兩人內心都深知救人的重要性和意義。他們所在的沙灘，距離大巨人早先出現的地方其實有些遠，這時卻看見沙灘另一頭的村民紛紛向村落方向疾奔。

Tiyao王子見到此景感到十分意外，攔住其中一位村民問道：

「發生什麼事，大家怎麼跑得這麼快？」

「大巨人抓走一個村民，現在正站在河床裡。」村民神色驚恐地回答說。

Tiyao王子愣住了，心想：「難道真如大祭司說的，大巨人要找的是我？或者，天神想透過大巨人要告訴我什麼事情呢？」

62.大巨人帶走了Tiyao王子

市集裡，大家紛紛爭相走告——大巨人又出現了，還抓走村民！Kaku和Kulau在市集裡巡視，聽到了消息，正在商量著該如何是好，這時Anyao和大祭司剛好走過來，Kaku看著大祭司和小祭司手裡都拿著法器。

「我正要去大巨人那裡。」大祭司說。

「我們也一起去。」Kaku說。

一行人匆匆趕到溪谷，大巨人出沒的地方。在溪谷岸邊，大祭司讓小祭司架好祭壇，準備通神祈福。不料，當大祭司準備唸出第一句咒語時，大巨人竟把村民高高地往上拋又伸手接住，嚇得村民大叫，哭聲連連。還好，大巨人終於放下嚇昏過去的村民，然後兀自晃盪著空空的雙手。

「大祭司，怎麼樣？」Tiyao王子詢問道。

「Tiyao王子。」大祭司點頭示意說。

Tiyao王子立刻走向溪邊，想拉起村民。結果，大巨人一個橫掃，把Tiyao王子捲了起來，往山裡面去了。眾人見狀，既驚且懼。

「大祭司，怎麼會這樣？」Kaku愣愣地說。

大祭司閉目冥想，努力感應大巨人和Tiyao王子的行蹤，卻感應不到。片刻後，突然起了一陣怪風，這陣溪野的大風把大家都吹

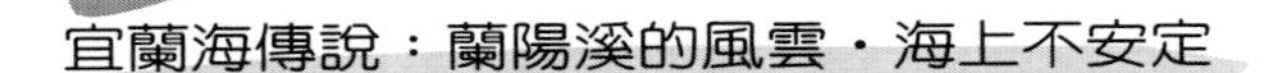

散了。大祭司只能再次擺好法器，通神看看。大祭司心裡雖然很焦急，卻也無法改變事實。

Kaku下令加強村落安全，剩下的什麼也不能做。大祭司先前告訴過他，在Tiyao王子回來之前，新村落一定要完成，這是他的任務。Kaku一下仰望著天空，一下又俯看著大海，風吹過他的髮鬢，讓他愁緒萬千。

大祭司不斷地唸咒卻得不到任何消息，看來Tiyao王子真的失去音訊了。這時，從空中忽然降下一道白光，打中了祭壇。眾人一見都嚇壞了，紛紛議論著，這道白光所顯現的天象，到底有何涵義？

「大祭司，怎麼會這樣？」Kaku語氣焦躁地說。

「不知道，不過可以知道一件事，那就是Tiyao王子目前很平安。」大祭司語氣平緩地說。

村民聽後才恍然大悟，原來這道白光是在告訴大家關於Tiyao王子的訊息啊。大祭司和小祭司陸續收拾法器，撤去祭壇，準備打道回府，村民見狀也紛紛散去。

「會不會和以前一樣，Tiyao王子無緣無故地失蹤，是天神要下達意旨，於是差遣大巨人來將他帶走？」Kulau思索著說。

「我也不清楚，回去吧。」Kaku拍拍Kulau的肩膀說。

眾人離去後，沙灘上溪水兀自潺潺地流，草木兀自迎風搖曳，飛鳥兀自在枝椏上鳴叫，陽光依舊亮麗地照在山坡上。

63.Avas昏過去了

胖胖男孩從村醫所走出來後，很快聽到傳言，聽說Tiyao王子被大巨人帶走，不知道去向了。他心裡很難過，獨自跑到溪谷去，坐在草地上，望著溪水漫溢的河床，聽著水流過石頭發出的「嘩嘩」聲發呆。

這時，一個瘦小男孩走過來坐在他身邊，問道：「你知道Tiyao王子去哪裡嗎？」

「不知道。」胖胖男孩輕聲回答。

兩個人就這樣互相倚靠坐著發呆，不說一句話。過了一會兒，Avas和Ilau來到草坡上。

Avas看見胖胖男孩，問說：「Tiyao王子被大巨人帶走是真的嗎？」

胖胖男孩看著她點點頭。Avas無助地站著，突然全身發軟，痛苦地跌倒在草地上。

Ilau趕緊向前扶起她說：「你不要這樣，要保重，照顧好自己。」

「為什麼會這樣？才回來沒多久，就要離開我。」Avas忍不住哭著說。

Ilau也不知道怎麼安慰她，只能不斷地拍拍她的後背。沒多久，Avas身心疲憊地昏睡過去了。

Ilau非常擔心地對著胖胖男孩說：「你去幫我叫一位巡守隊員來揹Avas回去好嗎？」

「我去。」瘦小男孩自告奮勇地說。

「我也捨不得Tiyao王子就這樣失蹤，可是大祭司說王子很平安，保證他會回來。」胖胖男孩說。

Ilau看著他忍不住笑了，彷彿也放了心。不久，瘦小男孩果然帶著一位巡守隊員來到。Ilau要兩個孩子幫忙把Avas扶到巡守隊員的背上，就這樣，一群人走下溪谷回村落去了。

經過Ilau細心地照顧之後，Avas終於醒了，Ilau趕緊去屋外端了些湯藥進來，Avas看見她，想起身。

「別起來。」Ilau趕緊阻止，又望著她說，「先把藥喝了吧。」

Ilau看著Avas喝完湯藥，又開解說：「其實Tiyao王子會回來的，他只是去做他該做的事。」

「是嗎？」Avas茫然地說。

「一個村落共主該做的事，你不是很清楚嗎？」Ilau打氣說。

看Avas默默無言，Ilau又勸告說：「他要是看到你這樣，恐怕會更不放心，這樣他就無法完成天神的旨意了。」

「你是說大巨人把他帶走也是天神的意思？」Avas困惑地說。

「大祭司是這麼說的。」Ilau點頭說。

Avas依然憂傷又惆悵，呆呆地坐在床上，什麼都不敢多想。

64.山神女妖

大巨人在山中一處煙霧飄渺的地方停下來，Tiyao王子早已昏迷過去。

一個身穿紅白彩衣的女人，頭戴著羽毛紗冠對大巨人說：「你的任務完成了。」

這個女人對著大巨人一指，大巨人立刻搖身一變為俊俏的武士，頭戴著武士帽，穿戴著獸皮衣甲，手拿著弓箭。

這個彩衣女人又對著旁邊的侍衛和侍女說：「把他帶進來。」

山中武士和彩衣女人一起走進了迷霧大門。Tiyao王子醒來，一睜開眼睛，驚異地看見身穿異服的人盯著他，於是站了起來。侍衛和侍女指著迷霧大門，示意要他走進去。Tiyao王子放膽走進迷霧大門，大門就突然關閉了。這真是個氣氛詭異的房子啊，房子的正中央坐著一個白髮女人，年紀看起來很老了，彩衣女人和山中武士分立兩旁。

「你是誰？」Tiyao王子劈頭就問。

「山神女妖就是我。」白髮女人聲音低沉說。

「有什麼事嗎？」Tiyao王子又問。

山神女妖看著Tiyao王子毫無懼怕的模樣，也覺得敬佩，她緩緩說道：「要在山中建立村落必須祭拜山神，這是一定的規矩，如同你的祖先祭拜海神一樣。」

「難道是山神叫你抓我來的？」Tiyao王子一樣鎮定地問。

「山神要告訴你，這山裡有很多部落散居各地，卻沒有一個可以整合的力量，你就是那個力量。」山神女妖說。

「我不懂什麼意思。」Tiyao王子冷靜說。

「海上王國已經屹立了三千年，你要讓它持續下去，同時將大山的村落也一起保存下去，保護美麗的山河家園。」山神女妖說。

「我還是不了解你說什麼。」Tiyao王子不解地說。

「在大地震動之前，你將會建好新的村落，海神會引導你怎麼做。」山神女妖說。

「海神？」Tiyao王子越發糊塗地說。

「你身上還有夢想要完成不是嗎？千年的夢幻王國，千年不變。」山神女妖說。

Tiyao王子很意外山神女妖竟然把他對別人說的話說了出來，他靜靜地沒有答話。

「你的夢想山神知道了，山神也認為在山中散落的族群是該整合為一了。」山神女妖說。

「山神要我怎麼做？」Tiyao王子問。

「我說過，海神會引導你。」山神女妖說。

Tiyao王子看著山神女妖，神情靜肅。山神女妖向左右示意，

彩衣女人和山中武士於是走下台階，準備聽命。

「帶他回去。」山神女妖說。

彩衣女人和山中武士把Tiyao王子架起來消失不見了。

65.偷得浮生半日閒

山坡上，新村落地點，村民們勤奮地忙碌著新村落的最後一道工程。

「完成了，終於完成了，村落終於完成了。」Kaku笑著說。

「對了，Tiyao王子曾說，村落完成後要舉行聯合慶典和祭典。只是，現在Tiyao王子失蹤了，該怎麼辦？」村民說。

Kaku望著村民充滿期待的眼睛說：「大家要有信心，我相信Tiyao王子一定會回來的。」

就在Kaku說完的時候，大祭司和Anyao走過來了。

大祭司笑著宣布說：「Tiyao王子回來了。」

眾人相互對望著，Kaku問：「在哪裡？」

「應該回到住所了。」大祭司說。

村民喜出望外，想著：「很快就可以準備慶典了吧？」

Tanu在礁岩上坐著，望著大海。海上波浪層層，海底泛著亮麗的色彩，魚群不知方向地竄流著。Tanu望著望著，不自覺地嘆了一口氣。

「怎麼見到我來就嘆氣啊？」背後有人笑著說。

Tanu回頭一看，原來是Tiyao王子在說話。

「Tiyao王子。」Tanu驚訝地喊道。

「你還好吧？」Tiyao王子說。

「我是很好，可是Avas就不好了，每天都在想著你什麼時候回來。」Tanu說。

「Avas？現在在屋裡嗎？」Tiyao王子焦急地問。

Tanu點點頭。Tiyao王子立刻走回住所去看Avas。

Avas一個人面對著桌上滿滿的食物發呆，是沒胃口還是沒心情吃，Avas已經分不清了。Tiyao王子打開家門走進來，看見Avas清瘦的身影，心裡有些難過和不捨。他靠近Avas身邊，Avas抬頭看著他，沒有任何表情，似乎視而不見，或著疑為夢幻嗎？

Tiyao王子緊緊地將她抱住說：「原諒我，我不該離開這麼久。」

Avas只是默默流淚，臉頰緊靠著Tiyao王子的胸膛，沒有說話。Tiyao王子感覺得到Avas的委屈和心酸，淚水濕透了他的衣服。Tiyao王子將Avas抱得更緊，Avas哭得更厲害了。今天，Tiyao王子哪裡都不去，只想陪著Avas，兩個人有千言萬語，說也說不完呢。

屋外，陽光正強烈，Anyao遠遠看見Tanu站在被太陽照得發白發亮的沙灘上。

「你倒清閒，你知道Tiyao王子早已回來了？」Anyao走近前說。

「是又怎麼樣？」Tanu說。

「你不需要告訴Tiyao王子村落已經建好了嗎？」Anyao說。

Tanu立刻瞪他一眼，有點生氣地說：「你也好心一點，Tiyao王子才剛回來，能不能讓他和Avas多一點時間好好相處？現在告訴他村落的事，你是想害Avas又要獨守空房了嗎？」

Anyao被Tanu這麼一說，沒再堅持，訥訥地說：「那我也來撈水草好了。」

沙灘很多人在撈水草，陽光照得特別有光彩。

胖胖男孩和瘦小女孩也在水裡抓魚，Tanu看見了他們，說：「你們兩個是在抓魚還是在玩水啊？」

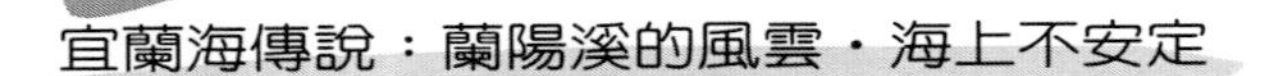

「抓魚。」兩個孩子很有默契地說。

Tanu和Anyao繼續撈水草，胖胖男孩站在水裡對Tanu說：「你們也來幫我們抓魚好嗎？」

「不行，想吃就自己抓。」Anyao說。

「可是我們想抓多一點，煮多一點魚肉飯給Tiyao王子和Avas他們吃，你們來幫我們好不好？」瘦小女孩也說了。

Tanu和Anyao互看一眼，知道兩個孩子是要給Tiyao王子煮魚湯，就義不容辭地幫忙了。

「你們要自己煮啊？」Tanu疑惑地問。

「不是，我媽媽會煮。」瘦小女孩說。

就這樣，他們四人努力地在海裡抓魚，玩得一身濕。真的，兩個孩子似乎很久沒這麼高興過了。

66.成千上萬條蚯蚓

屋內寂靜的氣氛多了一份溫馨，Tiyao王子緊緊地摟著Avas，撫摸著她的時候，心裡面的歉疚更難過得說不出。

Tiyao王子看著桌上的食物，對Avas說：「我們一起吃吧。」

Avas拭去臉上的淚水說：「菜都涼了，我去熱一熱。」

「我幫你。」Tiyao王子說。

兩個人端著菜盤到屋外的火爐上放著，Tiyao王子開始點火，Avas深情蜜意地看著王子的一舉一動。唉，小別勝新婚，即使是短暫的相處也是很溫暖的呀。這個時候，胖胖男孩和瘦小女孩走過來了，Avas面帶微笑地看著他們，兩個孩子手上端著陶碗，不知裝的什麼。

Tiyao王子看見他們，開心地打招呼說：「你們怎麼來了？」

「我們先拿進去放。」

胖胖男孩說完之後就走進屋裡，瘦小女孩也跟著進去。Tiyao王子和Avas見狀，也好奇地進屋子裡去。

「這是什麼？」Tiyao王子問。

「是魚湯，還有魚肉飯。」胖胖男孩說。

「我的是魚肉飯，他的是魚湯，我們在海裡抓了很多魚煮的。」瘦小女孩說。

「你們煮的？」Avas驚訝地說。

「不是，是媽媽煮的。我說要給Tiyao王子吃的，她很高興就幫我們煮了。」胖胖男孩說。

Tiyao王子打開碗蓋，香氣四溢的魚湯和魚肉飯，讓他感動得一時說不出話來。

「我們一起吃吧。」Tiyao王子說。

「不，媽媽那裡還有，我們要回去吃了。」瘦小女孩說。

兩個孩子有些羞怯地看著Tiyao王子和Avas，隨後就離開屋子了。

「看來，你得陪我一起吃完它。」Tiyao王子對Avas說。

「我去把火爐上的菜端來配著吃。」Avas說。

Tiyao王子將魚湯裝了一個小陶碗，Avas把菜拿進來放在桌上。

Tiyao王子讓她坐在旁邊，拿起魚湯說：「你現在需要更多營養，喝了吧。」

Avas雙手捧著碗，Tiyao王子深情地看著她喝下，兩個人甜蜜的用餐時光感覺過得特別快呀。

在另一處，同樣地在吃著魚肉飯和魚湯的胖胖男孩和瘦小女孩想像著自己正和Tiyao王子一起用餐。兩個人一邊吃，一邊不時露出傻笑，還差點弄翻了碗，惹得旁邊的人也笑了。

「你們兩個在想什麼？」村醫爸爸問。

「我看八成又在想Tiyao王子的事情。」媽媽說。

「爸爸，什麼時候讓Tiyao王子來我們家吃飯？」胖胖男孩問。

這個時候突然靜下來了，爸爸訥訥地說：「王子很忙的，沒有空來的。」

「誰說的？」Tiyao王子突然站在門口說話。

Tiyao王子和Avas大駕光臨，讓眾人既驚且喜，兩個孩子立刻黏了過去。

「這段日子很感謝你們對Avas的照顧，我是來道謝的。」Tiyao王子深深地彎下身說。

「王子，不可以這樣的，我們也沒有做什麼事，這只是村民互相幫忙而已。」一位村民說。

「我知道，Avas都告訴我了。村落已經建好了，接下來就是要大家準備收拾家當，遷到新村落去住，我會讓巡守隊幫忙各位順利完成遷村的。」Tiyao王子說。

「遷村？」村民說。

Tiyao王子點點頭，面帶微笑地看著大家。

村民的家當打包做記號放在沙灘上，看著巡守隊一件又一件地搬上舢舨船，然後由巡守隊一艘又一艘地來回傳送著。村民用過橋的方式走到對岸去，再認標記拿回自己的家當，很快地，不用多久就搬完了。

順著海岸山坡開的路直接走到村落，這是Torobuan村遷村的情形。至於Tamayan村和Baagu村，以及Hi-Fumashu三村，則是順著山坡開出的新路通往新的村落。隔溪相望、隔山相鄰的村落終於完成，Kaku和Kulau目送村民歡天喜地地搬家。

Kaku決定自己先上山打幾隻野豬和雞，帶回去烤一烤，與村民同樂。Kulau則駕著船出海，希望能多刺幾條大魚，但終究不理想，幸好有Anyao來幫忙，才能有足夠的魚量供給村民飽腹。

正在山坡上巡視的Tanu聽到有人大叫，趕緊跑到沼澤旁，提高聲音問：「發生什麼事？」

「是蚯蚓啦！地上不知怎地突然冒出了那麼多條的蚯蚓，嚇死人！你看，它們一直往草堆裡爬走了。」一位村民說。

Tanu看見真的有成千上萬條蚯蚓，行軍一般，列隊前進呢。不但這樣，天空上也黑壓壓一片，飛鳥傾巢而出，忽上忽下地亂飛亂叫。這到底是為什麼呢？讓Tanu搔首皺眉，百思不解。

Tiyao王子也在沙灘上望著狂飛不停的鳥群，這的確是一種令人擔心的奇異景象。Tiyao王子立刻吩咐巡守隊，提醒所有村落的村民仔細檢查一下自己的住所是否安全，還有千萬不要單獨外出工作。巡守隊利用所有的巡守站傳達訊息，村民也議論紛紛，覺得這天象絕不尋常，不可思議。

「高空盤旋的飛鳥，地上成群的蚯蚓，難道這是大災難來的前兆嗎？」大祭司收到巡守隊的消息後，心裡揪了一下，這樣思忖著。

大祭司算不出來天象涵義，於是交代小祭司說：「趕快請巡守隊通知Tiyao王子，大災難要來了，我測不到。」

小祭司聞言雖然心生恐懼，仍謹記大祭司的話，遵囑而行。

當巡守隊來向Tiyao王子傳達大祭司的話時，大地突然大震動起來。地面搖晃得非常厲害，許多人甚至嚇得跌倒了，有些人還頭昏腦旋。Avas也突然想暈吐，Tiyao王子趕緊扶著她。Avas被這一大震動嚇壞了，感到很害怕，緊緊偎依在王子懷裡。

「大祭司說什麼？」Tiyao王子保護著Avas，一邊對巡守隊員問道。

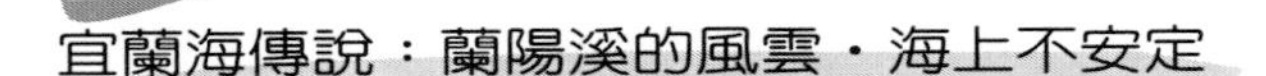

「大祭司說災難他測不到。」巡守隊員答說。

Tiyao王子讓巡守隊員先行離開，自己則準備查訪村落現在的情形。Avas仍在Tiyao王子懷裡，他緊緊抱著Avas，溫言安慰。

「我說過，不管發生什麼事，我都會在你身邊。」Tiyao王子說。

Avas除了感動以外，淚水早已流下來了。大震動之後還有無數次小震動，這次大地震動可真讓人懼怕。

「海神沒有說大地震動後的結果。」Tiyao王子喃喃自語地說。

新村落非常穩固，沒受到什麼大損害。這是Tiyao王子所規劃，以穩固的石頭當地基，用堅硬的竹子支撐，屋頂以質輕的茅草為蓋，所以禁得起地震搖晃。不過，山谷中的大石有脫落的現象，山坡有分裂的情形，因此巡守隊立刻疏散村民，好避開可能發生的危險。

這個時候，站在海岸山坡上的Tiyao王子往大海瞭望，看見一長排的大浪襲捲而來。

「不妙！」Tiyao王子驚呼一聲。

巡守隊立刻大喊：「離開沙灘！」

有位巡守隊員告訴Tiyao王子說：「沙灘上還有人。」

Tiyao王子要Avas先回住所，Avas看著他依依不捨，不肯離開王子身邊。Tiyao王子一邊擁著Avas，一邊往大海方向看去，看見大浪滾滾直奔而來。

「沙灘上還有人嗎？」Tiyao王子問巡守隊員。

「已經通知離開了。」巡守隊員答說。

「讓所有人到集會所，並且通知村醫在各村落待命。還有，Tamayan村不能有任何一個人在海岸邊逗留。」Tiyao王子說。

巡守隊應命，快速地將口信傳遍村落。

「這就是大祭司所說的災難測不到嗎？」Avas疑惑地說。

「也許吧！」Tiyao王子淡淡地說。

Tiyao王子看著浪濤從海的那頭兇猛地推向沙灘而來，心裡非常憂慮村落安危。Avas則緊靠著Tiyao王子佇立，默默無語。天地間，只聽聞風吹浪打的「颯颯」、「嘩嘩」聲，空氣裡瀰漫著一股說不出淡淡的哀傷。

67.Tamayan村被沖毀了

海浪從遠方一下緩一下急地沖上岸來，這一沖竟沖垮了礁岩，毀了村落，淹了沙灘。盛大的水勢，將Torobuan村徹底摧毀，將橋沖斷，將龍王廟淹了，將Tamayan村沖毀。已經搬遷到新村落的村民們看見這一切破敗景象不忍卒睹，不知該說是幸還是不幸。家園毀了，夢滅了，大浪一波又一波地沖上來。Tiyao王子看著祖先留下來的一切就這樣毀了，心好痛，但又能如何？他開始想起山妖女神的話：「建立一個山林與海的夢幻樂土。」Avas看著王子呆滯的表情，猜想他又在思索什麼重要的事情了，只是靜靜地凝視著，不敢打擾他。

在此同時，大祭司從祭司府走到集會所，看見大家都在，獨不見Tiyao王子，他掐指算了一下，有些擔心。

「大祭司，看你的樣子，好像有什麼事要發生，對嗎？」Kaku問道。

「走，到沙灘去。」大祭司說。

當大祭司一行人從山坡來到海岸，看見Tiyao王子和Avas兩個人站在沙灘中央，礁岩沙洲已經被海水沖毀，整個Torobuan村不復以前，兩沙洲也和海岸沙灘緊緊連成了一片，只留下一個大港灣和

Tamayan村相望。

「毀了，一切都毀了。」Kulau說。

大祭司向Tiyao王子走近，Tiyao王子看了大祭司一眼，沒有說話。

「沒想到一場大地震動摧毀了一整個村落。」大祭司說。

「是啊，海水的力量真大。」Tiyao王子說。

「雖然兩邊的沙灘是連在一起了，可是這沙土畢竟鬆軟，村民想要過去沙洲，還是很危險的。」大祭司說。

「不，它可以通行的。」Tiyao王子說。

Tiyao王子說完之後，就如履薄冰小心翼翼地往礁岩沙洲走去，Avas也跟上去。確實，鬆軟的沙土讓Tiyao王子每走一步腳陷得更深。Kaku看到這情形要巡守隊待命救人，自己也往沙灘上試踩，希望能順利過去。看著殘留的竹板、木板在沙灘上，想重建這個村落是不可能了。不過，Tiyao王子早已想好了作為村民生活的區域範圍。

Tiyao王子看見Kaku也順利到達沙洲後，開朗地說道：「看來我們又多了一個種植穀物的地方了。」

「大海把沙灘連接在一起，看起來也變大了，只怕村民想在這工作一天是不可能的了。」Kaku說。

「是的，太遠了。」Tiyao王子說。

兩個人仰望著天，深深嘆了一口氣。

「其實也沒那麼困難。」Avas突然說出這句話。

「你有什麼想法？」Tiyao王子問。

Avas慢慢地走向大海邊緣，說：「你看大海留了一個大海灣，可以當作舢舨船停靠的地方，Tamayan村和Torobuan村可以改建。」

Tiyao王子看著大海灣，說：「是，你說得沒錯，可以變成一個海上交貨的地方。」

Avas看著Tiyao王子會意地點點頭。大祭司雖不甚明白但似乎猜得出Tiyao王子的心思，Kaku和Kulau兩個人則總是猜不透。「海上交貨？難道是跟怪客交換貨物？」

68.孩子們的探險

為重新劃分村落的任務，Tiyao王子將村落集會所和祭司府選定在各村落的中央位置，這一來也比較方便聯絡。各村落維持自治自主的是村醫所，村民人數增加太快太多，村醫所也可以增加一家。大型集會所足以容納村民來做避難之用，祭司府仍屬大祭司列管，村落祭典、慶典的儀式活動皆要經過大祭司祭天神、先祖，以保子孫平安。Tiyao王子將自己關在住所裡思索未來村落的方向，在他足不出戶的日子，則由Kaku代為管理村落。

巡守隊帶來的消息讓眾人甚感意外，村民依然在草叢裡採食，樹林裡獵物，溪谷裡浣身，沙灘上開始有村民將樹林的果樹種子埋下，也從溪谷移植一些野果苗和穀物，只是不知道能收穫多少。少了內海活動，舢舨船集中在海上活動。從Tamayan村沿著海岸往北走，可以看見一大群肥滋滋的魚群，沿途海岸風景也是美得讓人說不出話來。村民的舢舨船沿著沙灘走，可以看見大海裡還有一個沙洲，原來在Torobuan村外還有一個礁岩沙洲，這個沙洲正是之前Tiyao王子在南方大海探險之旅所停留的地方。現在村民意外發現了這個沙洲，可以當成海上中途休息的地方，而且這裡離海岸還有一段距離，可以作為村落屏障。

海面上，海水被夕陽餘暉照射得彷彿人間仙境一般，亮紅、亮紅的。許多村民興奮地跳進海裡游泳、潛水，欣賞海底世界，顏色五彩繽紛的水草和魚群，點綴了一樣也是色澤豔麗的珊瑚之海底世界。

就在村民迷戀南方大海的時候，幾個孩子在樹林草原上發現一個山洞，這個山洞消失很久了，自從大巨人出現以後，小石人消失後，這個山洞原本被一片石壁封住了洞口，如今洞口又出現了。

「會不會是大地震動把山洞震開了？」瘦小男孩猜測說。

「可能是吧。」高瘦男孩說。

大夥對山洞重新開啟正感到納悶的時候，高瘦男孩說：「要不要進去看看？」

「什麼？」瘦小男孩驚訝地說。

「反正來都來了，你們不好奇嗎？」高瘦男孩說。

瘦小男孩看著胖胖男孩說：「你呢？要不要進去？」

胖胖男孩想了一下，說：「好吧，就進去。」

一群孩子就走進了山洞，想不到，背後的洞門竟然沒有關閉，或被山壁岩石堵住，和以前不同。

「裡面好像有路。」瘦小男孩說。

幾個孩子就往山洞裡面走了，黑漆漆一片和「嘩嘩嘩」的水流聲是山洞的特色。

「裡面這麼黑，我們回頭啦！」瘦小男孩聲音有些顫抖地說。

「對呀！黑壓壓的。」高瘦女孩說。

大家往回看也是一片黑，往前看也是一片黑。

「你們看這前後都黑漆漆的，還想回頭嗎？」高瘦男孩說。

「可是……」瘦小男孩猶豫了。

「我們把手牽起來，女生在中間。你在前面帶路，我跟他在後面。」胖胖男孩分別指著高瘦男孩和瘦小男孩說。

「好吧。」高瘦女孩和瘦小女孩馬上互相牽著手站在中間，異口同說。

「走吧。」高瘦男孩說。

這群孩子又往前走了一段路，從黑漆漆看到了光。

「有光，快點。」高瘦男孩說。

孩子們很快地走到有光的地方。

「哇，峭壁。」瘦小女孩說。

「前面又有一個山洞。」胖胖男孩說。

「要繼續走嗎？」高瘦男孩說。

「嗯。」大家齊聲說，看來孩子們早已忘記了恐懼。

「這一邊是峭壁，那另一邊矮木林後面是什麼？」

瘦小男孩說著，一邊往前走想靠近，卻被胖胖男孩拉住了。只見高瘦男孩拿起一塊石頭往矮木林丟，石頭穿過了樹枝掉下去，無聲。

「看吧，你再走過去就掉下去了。」高瘦男孩說。

「那一定是個很深的山谷。」高瘦女孩說。

「好了，我們不能在這裡待太久，要在太陽下山以前走出山洞。」高瘦男孩說。

孩子們又繼續穿過第二個山洞，一樣是黑漆漆、水流聲，而且似乎越走越長。

「這個山洞比剛才的還要長。」瘦小女孩說。

「我也這麼覺得。」胖胖男孩說。

「萬一走不出去怎麼辦？」瘦小男孩擔心地說。

「那我們就要在山洞過夜了。」胖胖男孩說。

「我要回家。」瘦小女孩和高瘦女孩齊聲說。

「你們安靜好不好？」高瘦男孩斥責說。

孩子們一邊繼續走，一邊心裡開始擔心，會不會永遠也走不出山洞了？

不知道過了多久，高瘦男孩說：「我看到光了。」

這一會兒大家又燃起了希望，繼續手牽著手往山洞光亮的地方走去。這裡果然是山洞的出口，只是一片野草茫茫的，看不清楚路，必須撥開草叢才能通行。

「這怎麼走得出去？」高瘦女孩說。

「前方有一片樹林，到那裡去看看。」高瘦男孩說。

「可是這裡離樹林好遠喔。」高瘦女孩氣餒地說。

「等一下……」胖胖男孩吸吸鼻子，似乎嗅著什麼氣味說。

「怎麼了？」瘦小男孩問。

「往這邊走，這邊往海岸。」胖胖男孩指著另一邊草木說。

「確定？」高瘦男孩疑惑地問。

「我聞到大海的味道。」胖胖男孩說。

這時剛好又一陣晚風吹來，風吹草動，青草味裡還夾雜著鹹鹹、腥腥的氣味。

「走。」高瘦男孩確定胖胖男孩的判斷無誤，堅定地說。

胖胖男孩撥開草叢一路走向前，其他孩子也跟著走。

69.傳說中的南方大海

太陽照在比人還高的草叢，幾個小孩繼續冒險，奮力地在草堆裡摸索。

「到底到海岸了沒？」高瘦男孩有點擔心地說。

「我好像迷路了。」胖胖男孩猶豫地說。

「吼。」孩子們都大叫說。

「等一下，沒有迷路……，我覺得這些草好像在哪裡見過。」瘦小女孩沉吟地說。

當瘦小女孩正在回想的時候，胖胖男孩說：「我想起來了，是Tiyao王子帶我們來過。」

「對。」瘦小女孩也肯定地說。

另外兩個孩子有些莫名其妙地看著他們倆，高瘦女孩率先問：「那我們現在要怎麼走？」

「往前走，過了一處矮木林就到了海岸，那邊也有沙灘喔。」胖胖男孩說。

這群孩子又繼續掃過草叢，果然看見了一片樹林。

「到了，到了！」胖胖男孩開心地喊說。

穿過樹林是一片海岸礁岩，礁岩下是雪白的沙灘，沙灘外是一片大海。

「哇！哇！哇！」孩子們尖叫著。

「咦？那不是Torobuan村嗎？」瘦小男孩說。

「不是。」高瘦男孩說。

「在這裡，沙灘都連在一起了，這才是Torobuan村，那是另外一個小沙灘。」胖胖男孩說。

「自從大地震動以後，我聽媽媽說Torobuan村和海岸連在一起了。」高瘦女孩說。

「那個小沙洲？」瘦小男孩說。

「那是之前我們和Tiyao王子到南方大海探險住的地方，那裡有好多魚，海底很漂亮，有一條巨大河流，有果樹，還有很多猴子。」瘦小女孩說。

「原來這裡就是傳說中的南方大海啊。」高瘦男孩似有所悟地說。

胖胖男孩走來走去，走到礁岩山坡，問大家說：「要不要下去？」

孩子們互看一眼笑了起來，一起爬下海岸山坡。

「這裡就是大河口。」胖胖男孩說。

孩子們站在沙灘上吹著風，看著茫茫大海，只見飛魚在海面上方飛越著，清澈的海水泛著海底七彩繽紛的絢爛色澤，和太陽的餘暉相映照。一群飛鳥齊齊降落，駐足在沙灘上，覓食了一會兒，又倏地齊齊飛回到了水草地。

「那裡一定是一片沼澤。」高瘦男孩指著對岸沙灘說。

「你怎麼知道？」胖胖男孩問。

「只有沼澤才會吸引飛鳥停下來覓食。」高瘦男孩答說。

「現在我們怎麼回去？」瘦小男孩突然說。

看著海面上殘留的太陽，孩子們意猶未盡，看著山坡似乎也依依不捨，想把夕照留住。

「我們不會還要走回頭路上山去吧？」高瘦女孩眉頭緊皺說。

「走這裡。」胖胖男孩指著沙灘說。

「對，沿著海岸山坡走就可以了。」高瘦男孩說。

一邊是向晚的大海，一邊是夕陽餘暉漸弱的海岸礁岩，村民的舢舨船也陸續靠岸。

船上有人看見孩子們，對他們揮著手喊道：「你們幾個孩子，還不快點回去！」

「走這裡回去對嗎？」瘦小男孩說。

「往前走就到村落了。」船上的村民說。

孩子們一邊走，一邊沿路忘情地嬉戲著，因為一路上有太多好玩的地方了。

「以前這裡是海，因為大地震動才連在一起的，你們看。」胖胖男孩說。

孩子們仔細瞧著，發現新浮現的沙灘和舊沙灘之間有一道痕跡。就這樣，孩子們繼續一邊走一邊玩樂，終於回到了村落。

一天將盡，夜幕低垂，溪流出海口處水流汩汩，徐徐流入大海灣。出海捕魚的村民結束了白日的辛勞，舢舨船停泊在海灣內；愛玩的孩子們也結束了山洞的探險之旅，各自回到了溫暖的家。

70.還有大事要做

Kaku一整天在草原上來回奔波巡視著，天黑之後終於回到了村落市集。看來村民似乎已從大地震動的驚恐中回復平靜的生活，家家戶戶，屋裡屋外，掛滿了瓢乾、菜乾、魚乾、肉乾等等食物，髮飾、衣飾、腰刀等等日用品也吊在牆壁上。沙灘上，成列成排的農作物兀自茂盛生長著，晝夜吸收著日月精華。

Kaku在巡守隊聚會休息的小木屋門口停了下來，有幾個熟識的村民向前打招呼，七嘴八舌地問道：

「Tiyao王子不舉行慶典了嗎？」

「是啊，村落很久沒熱鬧了。」

「先祖都會舉行慶典來祈求豐收。」

「祭典也不用了嗎？」

村民你一句我一句地問，讓Kaku有點招架不住。

Kaku看著一名巡守隊員說：「Tiyao王子現在在哪裡？」

「在住所，還是和以前一樣，老站在山坡上久久地看著，沒有說話就回去了。」巡守隊員說。

「和Tanu在一起嗎？」Kaku說。

「一個人。」巡守隊員說。

「我要去找他。」Kaku說。

Kaku離開小木屋走回村落，在途中遇見了Kulau。

「大祭司在集會所等你。」Kulau劈頭就說。

「大祭司？」Kaku有點疑惑地說，不過還是去了集會所。

Anyao和Tanu各自在自家屋外烤起餅來。

「唉，這陣子難得清閒。」Basin嘆口氣說。

「也是啊，不過我擔心以後還有更多事要做，因為村落還沒有完全建立好。」

Anyao說完，拿塊一餅往嘴裡送，忙著咀嚼，沒有說下去。

「現在不是挺好的嗎？」Basin說。

Anyao沒有說話，一邊烤著餅，一邊凝視著Basin。

「怎麼這樣看我？」Basin不解地說。

「沒事。」Anyao似乎欲言又止。

這個時候Wban走過來，Basin看見她，招呼道：「要吃餅嗎？」

「不。」Wban搖搖手說。

「有什麼事嗎？」Anyao問。

「我想去海邊撿貝殼、撈水草，Basin可以跟我去嗎？」Wban開門見山地說。

「好啊。」Basin說完，看著Anyao。

「也好，我也很久沒找Tanu聊天了。」Anyao說。

Basin和Anyao兩個人相視一笑，一起收拾好烤架走進屋裡。

Tanu和Ilau正在自己屋內享受著烤好的餅，一名巡守隊員突然走了進來。

Tanu抬頭看著巡守隊員說：「有什麼事嗎？」

「Tiyao王子找你。」巡守隊員簡短地說。

「現在？」Tanu皺眉問道。

「你有空的時候再過去。」巡守隊員答說。

「王子在住所嗎？」Tanu又問。

巡守隊員輕聲回答：「嗯。」

Tanu讓巡守隊員先回去後，Ilau對Tanu說：「有什麼事要找你去做嗎？」

「應該是大事。」Tanu看著Ilau說。

Ilau笑了，Tanu看著露出笑容的Ilau說：「你笑起來很美。」Ilau更害羞了，不理他，「我說的是真的。」

Ilau對他說：「你越來越像Tiyao王子了，什麼心事都不說，只會逗我開心。」

「什麼？Tiyao王子逗你開心？」Tanu驚訝地說。

「不是啦，不是Tiyao王子逗我開心。」Ilau急著說。

「我只是不想讓你擔心。」Tanu收起嘻皮笑臉，正色地說。

「對呀，Avas也說，Tiyao王子不想讓她擔心，可是Avas反而更擔心。」Ilau心有戚戚焉地說。

「但這幾天Tiyao王子都一直待在家裡，算是對Avas的補償吧。」Tanu說，似乎在為Tiyao王子辯駁。

「可是，剛才巡守隊不是說有大事要找你去嗎？現在開始又要擔心了。」Ilau說，愁容微現。

Tanu將Ilau擁在懷裡，沒有說話。兩人靜靜地聽著風從屋外掃過，幾隻飛鳥飛過，殘餘的落葉被風吹起飄過屋外。

71.更多的興建計畫

Tiyao王子在海岸山坡上下來回地走著。山坡上一望無際的野草隨風搖曳，生長在坡頂岩石上的幾株樹木顯得更加高聳挺拔，山壁上也爬滿各種藤蔓，放眼望去，盡是蒼翠蓊鬱，襯托著碧海和藍天。

Tiyao王子望著起伏難測的大海，突然長長地嘆了一口氣。

「嘆什麼氣呢？大海美妙的浪濤聲都被你的嘆氣聲掩蓋了。」

Tiyao王子轉頭看著在背後說話的Avas，笑了笑，又看見了Tanu。

「你來了。」Tiyao王子點頭招呼說。

「你也真是的，既然找人家，還跑到這裡來。」Avas說。

Tiyao王子笑笑地看著Avas，沒有說話。

Tanu說：「找我有什麼事？」

Tiyao王子轉身凝視著大海，Tanu和Avas站在他兩旁，等他回答。

「Tanu，幫我弄艘船，和上次一樣的。」Tiyao王子說。

「你又要出海了？」Tanu驚訝地問。

「你看看，村民如今在這片沙灘的活動好像比以前更活躍了。」Tiyao王子突然這麼說。

「那當然啦！搬遷到山坡草原上，還能回到沙灘上耕作，到大海捕魚，生活範圍越變變大了呀。對了，很多人都在問什麼時候舉行慶典，村落不是建好了嗎？」Tanu說。

「大祭司怎麼說？」Tiyao王子問。

「大祭司沒說什麼。」Tanu答說。

「龍王廟還沒重建好，還有，從這裡到南方大河口的草坡上要建立一個新村落。你先通知巡守隊告知村民，確實位置我再告訴你。此外，還要在Torobuan村南北兩個海灣的地方，興建一個能讓村民上下船的渡口。」Tiyao王子一連串地說著。

「吼，你一下子交代這麼多，Tanu哪做得完。」Avas笑著說。

「不用擔心，Tanu，你只要專心幫我弄艘船，還有船上的一切設備就夠了，其他的，我自己會找Kaku和大祭司說。」Tiyao王子說。

「你真的要出海，要多久？」Avas依依不捨地望著他說。

Tiyao王子將雙手搭在Avas的肩膀，又將她擁向懷裡，說：「我自己也不知道多久，也許回不來也說不定喔。」Tiyao王子笑著說。

「你……」Avas有點生氣地說。

這時，Tanu知趣地先行告辭離開了。Tiyao王子摟著Avas吹著海風，兩個人靜靜地沒有說話。一會兒後，兩個人繼續沿著海岸走，經過樹林、草澤、溪谷。只見半空中，不知哪裡飛來的野雁成群成群地飛著，大地一片空闊。海風一陣一陣吹拂著，從山坡到沙灘，從沙灘到大海，從大海到大山，就像山溪泉水那般沁涼，令人舒暢。

Tiyao王子和Avas走到了沙灘上，在Baagu村和Tamayan村舊址附近徘徊流連，又在昔日的Tamayan村的海岸礁岩上坐著，欣賞著天地美景。村裡的女人們遠遠看見了Avas和Tiyao王子二人在海岸邊散步，心裡既羨慕又嫉妒。

「我真希望你能這樣永遠陪著我。」Avas語氣幽幽地說。

「我一定會陪著你一千年。」Tiyao王子說。

Avas身體冷顫一下，笑笑地看著Tiyao王子。

「有點冷吧。」Tiyao王子說著把身上的一件麻布衣脫下給她披上，「海邊風大，我們回去吧。」

Ilau和Tanu在屋內待著，兩個人良久沒有說話，各自想著心事。

「你說Tiyao王子要你準備船？」Ilau打破靜默說。

Tanu望著Ilau，久久說不上話來。

「我就說嘛，Tiyao王子哪能沉得住，一定有事。」Ilau說。

Tanu拉起Ilau的手深情地看著她片刻，又把Ilau摟在懷裡，默默地沒有說話。

Tiyao王子和Avas經過Baagu村的途中遇見了一名巡守隊，於是吩咐巡守隊員告知大祭司和Kaku、Kulau、Anyao等人，隔天到集會所集合。巡守隊員領話之後就離開了，兩個人繼續沿著海岸山坡回到村落住所。

72.要人命的蟲子

大草原上，胖胖男孩一邊玩耍翻滾，一邊沿著草原四周搜尋。

「你在找什麼？」瘦小女孩說。

「噓。」胖胖男孩打手勢說。

「找到了。」胖胖男孩抓著一隻小蟲子說。

「那是什麼？」瘦小女孩興奮地湊過來看，一邊問。

胖胖男孩小心翼翼地把蟲裝進罐子裡，然後走到一個棵大樹下坐著。

胖胖男孩拍拍石頭，對瘦小女孩說：「坐下來。」

瘦小女孩坐下來好奇地問：「你要給我看什麼？」

「這個小蟲子是可以治病的。」胖胖男孩說。

「又是你爸爸說的？」瘦小女孩說。

「這個小蟲子也可以傳病給人。」胖胖男孩神祕地說。

「哎喲！越說越糊塗了，一下子治病，一下子會傳病，到底是什麼？」瘦小女孩發急地說。

胖胖男孩看著罐子說：「這種小蟲子的血可以做解藥，只是這小蟲子很會躲，很難找到。」

胖胖男孩發現瘦小女孩正瞪大眼睛看著他，疑惑地問道：「你看著我做什麼？」

「這裡找不到，去別的地方找啊。」瘦小女孩笑著說。

「別的地方？」胖胖男孩不解地說。

「我聽說Tanu又再做船了，是Tiyao王子要的。」瘦小女孩說。

「你的意思是說……」胖胖男孩話說一半，似乎明白了什麼。

「你知道我的意思了？那我們現在就回去做準備。」瘦小女孩說。

「嗯。」胖胖男孩站起來說。

瘦小女孩和胖胖男孩帶著彼此心照不宣的期待，並肩離開了大草原。兩個孩子在回村落途中，正巧遇見了Tiyao王子。

「你們兩個去哪兒玩？」Tiyao王子打招呼說。

「大草原。」瘦小女孩答說。

「大草原？」Tiyao王子滿心疑問地說。

「就是樹林那邊的一大片草地啊。」胖胖男孩指著樹林說。

見Tiyao王子沒有說話，胖胖男孩又說：「Tiyao王子，我要跟你說一件事。」

「什麼事？」Tiyao王子好奇地說。

「關於山洞的事。」胖胖男孩說。

「山洞？」Tiyao王子疑惑不解地說。

「就是上次你去過的那個山洞啊，現在那個山洞被又打開了，而且那個山洞好長好長，往裡面一直走，可以走到上次你去過的大河口海岸那裡喔。」胖胖男孩說。

「什麼？你們兩個進去過了嗎？」Tiyao王子說。

「不是我們兩個，還有另外三個同伴。」胖胖男孩說。

「山洞裡面烏漆麻黑的。」瘦小女孩說。

「你們真的進山洞去了？」Tiyao王子驚訝地說。

見到胖胖男孩和瘦小女孩點頭，Tiyao王子反倒搖搖頭了。唉，真是拿這些好奇寶寶的孩子沒辦法呀！

三人正聊著時，胖胖男孩的父親看見了自己的孩子，立刻急奔過來說：「你這孩子又跑去哪兒了？是不是又惹事了？」

「沒有啦，我去大草原抓蟲子！」胖胖男孩揚揚手上的罐子說。

「這是什麼蟲子？」村醫爸爸問。

「你上次跟我說的蟲子啊。」胖胖男孩答說。

「好奇怪，為什麼說這蟲子會傳病又會治病的。」瘦小女孩湊過來說。

村醫爸爸立刻接過罐子，看了片刻說：「這蟲子真的是你抓的？」胖胖男孩點點頭，「在大草原抓的？有很多嗎？」

「是在大草原抓的，可是不多，只抓到了這一隻。」胖胖男孩搔搔頭說。

村醫爸爸回過頭向Tiyao王子解釋說：「王子，實在不好意思，這孩子又給你添麻煩了，我現在就帶他回去。」

Tiyao王子笑笑地對村醫爸爸說：「這沒什麼，只是小孩子愛玩嘛！」

村醫爸爸向Tiyao王子道別後，轉身拉著胖胖男孩的手臂，邊走邊說：「你這孩子！這蟲子碰不得，你還去抓回來?!要是被這蟲子叮上了那可是會沒命的呢。」

「這麼厲害，那蟲子是傳病的，不是治病的？」胖胖男孩一臉迷糊地說。

Tiyao隱隱約約聽見村醫爸爸的話：「是不是會傳病還不知道，但是一定會要命的是真的。」於是，引起了Tiyao王子的好奇心，決定先去大草原看看。

73.可以驅蟲的香藥草

溪谷旁邊的這個大草原，邊緣是個大山壁，大山壁有個山洞——就是先前幾個小朋友進去探險過的那個山洞。草原旁樹林邊的平坦空地，正是村民生活的地方，村落順著樹林邊的海岸向上建立起來。Tiyao王子站在溪谷旁，大大小小的石頭在河床上安穩地睡著，當下雨的時候，從山裡面流下來的水濺起了石頭們的睡神發出聲音，這就是水流激石響大地。

胖胖男孩拉著爸爸的手來到溪谷，高聲說：「Tiyao王子，爸爸來了。」

村醫爸爸伸手想打胖胖男孩的頭，卻被孩子機靈地閃開了。

「聽孩子說，Tiyao王子找我，不知有什麼事？」村醫爸爸開口問道。

Tiyao王子轉身正面看著他們片刻，說：「其實也沒什麼事，只是上次你跟孩子說蟲子會傳病，這是怎麼一回事呢？我想了解一下。」

「這……」村醫爸爸一臉猶豫地沒有說下去。

「你放心，這事只有你我三人知道，所以我才會在這裡和你見面。」Tiyao王子說。

「其實，這蟲子對身體較弱的村民才會有作用，一旦被叮上了

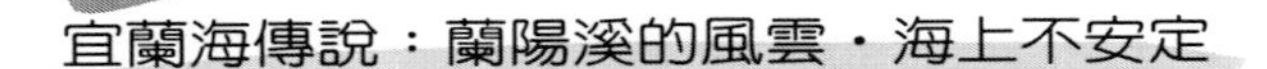

就容易感染，什麼藥草都無法解救。」村醫爸爸說。

「你是怎麼發現的？」Tiyao王子追問說。

「在搬進新村落的第二天。那時村裡有人在樹林裡被叮得全身紅腫，然後發燒，用了許多退燒的藥草才終於好轉了。但是，另外一個受了風寒的村民被蟲子叮過後，隔天發燒好久，最後仍無法救治。」村醫爸爸說。

「從那時候開始，我爸爸就在找他被什麼蟲子叮到，找了好久，爸爸自己也在林子裡被叮到，出現一樣的情形，爸爸自己配了藥才好的。」胖胖男孩插嘴說。

Tiyao王子嘆了一口氣說：「這麼說，你是以身試藥囉？」村醫爸爸制止胖胖男孩多說什麼，「那有什麼方法可以驅逐這些蟲子嗎？」

村醫爸爸走到河流邊拔下一根草，回來遞給王子看，說：「完全驅除我不敢說，但是這草曬乾以後會發出淡淡的香味，放在身上，蟲子就不敢上身了。」

Tiyao王子接過村醫爸爸手上的草，驚異地說：「這麼神奇！」

Tiyao王子一直盯著這根草看得出神，這時有名巡守隊員走過來說：「Tiyao王子，原來你在這裡。」

「什麼事？」Tiyao王子抬頭問。

「你不是讓大祭司他們在集會所等著嗎？」巡守隊員答說。

Tiyao王子猛然想起這件事，把手上的草遞還給村醫爸爸，吩咐說：「想辦法保留曬乾後的草拿給我，我先離開了。」

村醫爸爸目送著Tiyao王子離開，反覆想著Tiyao王子的話。「保留這草是什麼意思？」

「爸爸，王子會不會要你把含有香氣的草曬乾保留下來，好讓大家佩戴在身上，才不會被蟲子叮吧？」胖胖男孩反應靈敏地說。

村醫爸爸笑笑，似有所悟，牽著孩子的手，緩步走回村落。

74.村落王國的理想圖

集會所擠滿了人，村民都想知道是不是要公布慶典日期了。

Anyao在門外看見Tiyao王子走過來，立刻走進屋內告知大家說：「Tiyao王子來了。」

Kaku和大祭司朝門外看，果真Tiyao王子來到了。

「大家都在等你。」Kaku說。

「等我？」Tiyao王子說。

「王子是不是有什麼事要宣布？」大祭司問道。

Tiyao王子眼睛巡視了一下集會所的村民，最後目光落在Tanu身上。Tiyao王子向Tanu點點頭，Tanu也點點頭，接著，王子走到桌子旁邊，Tanu隨即把一份獸皮攤放在桌上。

Tiyao王子看著獸皮圖，神情肅穆地對大家發言說：「這是村落王國的理想規劃圖。我懇請大家想一想，我們先祖從海上來到這裡，主要目的是建村，建立一個屬於自己的王國。現在，幾千年過去了，留給我們這塊富饒的土地，我想我們可以再延續個幾千年，沒問題。」王子的話告一段落，又用手在圖上一指說，「從Tamayan村、Baagu村，到Tupayap村、Tuvigan村，沿著海岸走到新村落Torogan村、Vuroan村，我還要在Vuroan村旁邊再建一個村落，叫做Sinahan村，以利將來人口越來越多時可以很快地擴展到南方大海去。」

眾人目瞪口呆地直直看著Tiyao王子，Tiyao王子繼續說話：「Torobuan村成為南北兩大海灣所有村民船隻出入的要塞，Torobuan村將成為所有村落最大的海上交易中心。因此，我現在

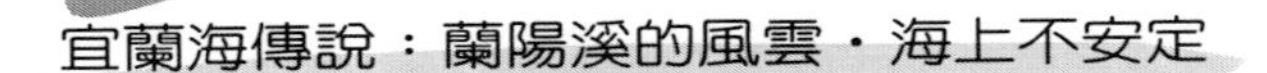

的計畫是，除了要重建龍王廟之外，就是Sinahan村的建立了。」Tiyao王子說完看著大家。

「王子的意思是希望把整個海岸都納入村落範圍，這樣大家生活的區域更為寬廣，更為自由，對嗎？」大祭司總結說。

「沒錯。除此之外，大海之外想必還有一些人和山上的人一樣，相信他們擁有很多我們所沒有的物資，我們可以跟他們交易，用我們擁有的貨物跟他們交換貨物，互取所需。」Tiyao王子繼續說。

「你是說要跟大山裡的人做交易嗎？」Kaku皺著眉問。

「對。不只是大山裡的人，連海上來的人我們都要和他們作交易。」Tiyao王子答說。

Kulau和Kaku會心地互望一眼，Kulau低聲說：「我就說嘛，他的志願沒那麼簡單。」

眾人依然鴉雀無聲。

「慶典延後，祭典優先，龍王廟重建完成時，就舉行祭典，祭典的日子由大祭司挑選。」Tiyao王子說。

Kaku做夢也沒想到村落共主不僅要維持村落的繁榮和延續，甚至還要更廣大地開拓村落範圍。

「這點我同意你。這樣做不但能延續先祖舊業，還能讓村落更加繁榮發展，富強千年。」Kaku說。

Tiyao王子感激地看著Kaku，兩個人英雄惜英雄地互相凝視著，彼此深有默契。

75.刺魚神技

Tiyao王子一個人站在沙灘上，風不斷地吹拂著海水，海面動盪搖晃，Tiyao王子——這位無可取代的村落共主——的思緒也起伏不定。他緩緩地沿著沙灘走去，一路巡視，舢舨船在海面上作業，忽遠忽近。Tiyao王子欣慰地注視著村民忙碌的背影，彷彿可以從中感受到自己的子民們安定的生活、安定的心。

「自從大地震動以後，村民航行的方向改變了，現在都往大河口和小沙洲附近。」Tanu悄悄走近王子身邊說。

「上次我們去過的地方，沼澤那裡，之後有人去過嗎？」Tiyao王子問。

「是，沼澤地只有少數人去過。」Tanu答說。

「你身上的刺槍借我一下。」Tiyao王子突然說。

「你要做什麼？」Tanu驚奇地說。

「刺魚。」Tiyao王子說。

Tanu把刺槍遞給Tiyao王子，Tiyao王子持槍走近淺灘，又向村民借了艘船，然後將船划到內海。一會兒後，只見Tiyao王子站在船上開始忙著追魚，魚一群一群地飛起，也迅速地一條一條落入Tiyao王子的船上。

別艘船上的村民看著Tiyao王子的神乎其技，個個目瞪口呆，不禁驚叫連連：「王子射魚的功夫還是和以前一樣，那麼厲害呀！」

「好說。」Tiyao王子笑笑著說。

折騰了大半天終於上岸了，Tanu看著這些魚，問：「這怎麼處理？」

Tiyao王子看著魚簍說：「選兩條煮鍋魚湯給Avas喝，其他的分給大家。」

「今晚有得熱鬧了。」村民高興地說。

正在這個時候，有一些從外海回來的船隻報告說他們發現了不明船隻。

「有貴客了。」Tiyao王子喃喃自語，又看著Tanu說，「巡守隊瞭望台都建好了嗎？」

「都建好了，各個村落海岸、樹林都加設了瞭望台。」Tanu答說。

大海的不平靜連帶影響村落的安危，大地還會再次發出警示嗎？Tiyao王子一邊思忖著，一邊繼續巡視著沙灘一帶的田地。

「這些耐海水的作物種在這裡，一半收成製酒，一半現食。」村民說。

在樹林旁的草地被劃分出來種植一般的植物供食，這是Tiyao王子一開始就規劃好的。Tiyao王子沿著海岸山坡走走看看，思考著：「大河有充沛的水量可用來灌溉，若能引進村落好好利用，相信可以大大提升村民的生活品質。」

Tiyao王子越過海岸山坡，又從海岸沙灘穿過矮木林走到草原，再回到村落時太陽已漸漸向晚了。

76.且記今夜敘知己

傍晚，海岸邊的矮木林沙灘開始有了聚集的人群。村民很久沒有一起同歡共樂了，託Tiyao王子的福，他慷慨地將今天在海上大豐收的魚獲分給大夥同享，Torogan村的村民拿著家當，搬出自己的拿手細活和Vuroan村村民一起同歡，酒香、茶香、菜香，人情暖，村民舉起碗一起喝個夠，烤魚的香味充滿整個沙灘，連Tuvigan村和Tupayap村的村民都下馬聞香，也一起同樂著。此時，酒醉三分意未盡，村民們趁著月光朗朗跳起舞來了，唱起歌來了，愉快響亮的歌聲蓋過了海浪聲。

Tiyao王子看到這情形大受感動，不禁也放開懷盡情地喝酒。

「Tanu，Avas的魚湯送過去了嗎？」Tiyao王子說。

「送了，Ilau剛送過去。」Tanu說。

「今晚難得這麼高興一起喝個痛快啊。」Tiyao王子說。

Tanu和Tiyao王子的陶碗裡的酒自斟自飲沒停過。

Avas在家中臥房裡坐著，滿心期待今晚能和Tiyao王子好好吃個飯，但盼來盼去，始終見不到人影。

Avas走出房間，看見Ilau端了一碗湯正站在家門口，於是熱情地打招呼道：「這是什麼？」

「先進去再說。」Ilau一邊說一邊走進屋內。

Ilau把湯放桌上，看著一桌子的魚肉飯，問道：「你在等Tiyao王子一起吃晚餐嗎？」

「怎麼了？」Avas不解地說。

Ilau打手勢要Avas先坐下，然後打開碗蓋，說：「這是Tiyao王子叫人煮的魚湯，是特別給你補身子的。」

「他也託人拿魚回來讓我煮魚肉飯。」Avas說。

「所以呢，你就好好地吃，我會陪著你一起吃。」Ilau說。

「Tiyao王子現在在哪裡？」Avas問。

Ilau想了一下說：「他現在應該是在矮木林沙灘Tanu那裡，和Tanu一起喝酒吧。」

「喝酒？」Avas提高了聲調說。

「放心，還有很多村民在一起。」Ilau說。

Avas還是聽不懂，Ilau就站起來，打開窗戶，轉頭對她說：「你聽見歌聲了嗎？村民們正在一起吃喝，一起歡樂，一起唱歌呢。」「我還聞到烤魚的香味。」Avas說。

「肚子餓了吧？」Ilau笑笑說。

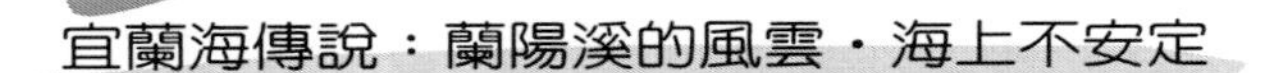

Ilau陪著Avas把魚湯喝完，兩人一邊說說笑笑。

Anyao原本也在家中坐，屋外卻傳來一陣又一陣歌聲，傳送整個村落的美妙歌聲多麼富於感染力呀，Anyao忍不住了，也來到Tanu身旁，和他們一起共飲。

這個時候，Kulau和大祭司也聞歌而來，從村落走到沙灘，和村民們同享喜樂，大口同飲。

Kaku在沙灘另一頭遠遠看見了Tiyao王子，於是大踏步走過來。

「來吧，咱們兄弟倆很久沒在一起喝了。」Tiyao王子開心地打招呼說。

「是啊，上次我和村民同飲的時候，你卻失蹤了，現在你要怎麼賠我？」Kaku笑著說。

Tiyao王子打手勢要Kaku坐下來，Tanu隨即拿了個碗，斟滿酒。

「我自己來。」Kaku說。

「其實也不需要舉行什麼特別的慶典啊，只要像這樣，大家不時聚集起來，一起吃喝，一起唱歌、跳舞，就像舉行慶典一樣開心了。」Tiyao王子看著正在跳舞的村民說。

Kaku也看著他們，笑著拿起碗說：「兄弟，今天是你先醉還是我先醉？」

「哈哈……」Tiyao王子聞言大笑。

Kulau也跑來了，湊熱鬧說：「Kaku，Tiyao王子，你們怎麼喝醉了？」

「Kulau，你這話就錯了，我才喝兩碗而已，哪會醉？是Tiyao王子醉了。」

「我醉？我才沒醉。」Tiyao王子帶著些微醉意說。

Kulau想說話卻被Anyao制止了說：「快別管誰醉了，他們倆也好久沒聚在一起了。」

「是啊，Anyao說得沒錯，他們為了村落的事各忙各的也夠累的，難得今晚能夠一起暢飲，我們還是先離開吧。」Tanu說。

「我去通知巡守隊加派人手在這裡守著。」Anyao說。

「走吧。」Tanu說。

Kulau三個人一起離開矮木林沙灘走回到村落市集，正巧大祭司也剛好走過來，Anyao向大祭司說明Kaku和Tiyao王子的狀況。

「那好吧，今晚大夥多注意些，千萬要記住村民的安全和王子的安全。」大祭司說。

於是，大家就在市集裡分手，各自忙碌去了。歌聲迴盪酒菜香，月明海嘯風聲怨；不知再聚是何年，且記今夜敘知己。Kaku和Tiyao王子兩個人早已醉得雙眼朦朧、說話含糊了，兩人不斷地互拍肩膀，互訴情誼。夜深了，只見酒壺橫陳，酒碗空了，人醉倒了。

77.宿醉

天空微亮，彩霞滿布，不少村民早已來到沙洲旱辛勤地種植著，鷗鳥也在海面上方飛來飛去。市集裡，人來人往，只見攤位上陳列著琳琅滿目的貨物，有獸皮、弓箭、竹簍，還有織羅裳。

Wban走在大街上，看見Ipai從藥鋪裡出來，打招呼道：「這麼早來買東西啊。現在就要回去了嗎？」

「Kaku在等我。」Ipai說。

Wban看著Ipai手中的藥包，笑笑說：「這是醒酒的嗎？Kaku還沒醒啊？」

「喝太多了，到現在還睡著呢。」Ipai說。

Ipai和Wban話別之後就離開了，剩下Wban一個人在市集裡獨自走著。

Basin和Ilau兩人並肩坐在海岸礁岩上，靜靜地看著彩霞似錦的天空，吹著風。

「你們兩個怎麼在這裡吹風，會著涼的。」Anyao說。

「我們等會兒要採一些野菜回去。」Basin說。

Anyao也佇立著望向大海，沒有說話。

Ilau突然打破沉默說：「我要回去了。」

「Ilau，Tiyao王子醒來了沒？」Anyao問。

看見Ilau搖頭，Basin說：「Tiyao王子這次真的喝太多了。」

「有Avas在照顧，放心好了。」Ilau說。

Ilau說完就朝村落方向走了，Basin和Anyao兩個人目送著她離開。

「我們也回去吧。」Basin說。

「好。」Anyao輕聲答。

Anyao體貼地將在石頭上坐著的Basin輕輕拉起來，又牽著她的手，一起慢慢地走回村落。

Kaku整整昏睡了一天，Ipai不斷地替他擦去額頭上的汗，心裡唸著他的名字，希望Kaku能夠聽到。Ipai看著桌上擺著的飯菜，雙眉微蹙；她又望向屋外，陽光燦爛，似乎在暗示她生命的活躍。Ipai勉強進食，為自己添進生命的泉源。此時，Kaku突然醒了，看見Ipai正獨自吃著飯，他倏地坐了起來，輕輕地甩了甩頭，似乎想甩去頭腦裡的迷糊不清。

「你醒了。」Ipai聽見聲響，發現Kaku醒了，正凝視著她。

Ipai說完，放下碗筷，起身倒了杯水拿到床前，說：「喝口水吧。」

Kaku大口喝完，Ipai將水杯放回桌上，Kaku已然站在她旁邊了。

「我睡了多久？我只記得我和Tiyao王子在喝酒，我們談得很愉快。」Kaku說。

「別管你睡了多久，這不是重點。總之，你已經醒了。」Ipai笑著說。

Kaku把她抱在懷裡，Ipai也輕輕地靠著他，屋外的陽光斜斜地照射進屋內地板，倍添溫暖感覺。

陽光煦煦，滋潤著大地，萬物賴天地以生存。Avas守護著Tiyao王子，Tiyao王子守護著他的子民，就像土地守護著村落一樣。一旦失去土地，村民又何所依附？所以，避免土大地的崩毀，也就能更好地護佑子民了。

Avas細心地照顧著Tiyao王子，此刻她坐在床邊，靜靜地看著沉沉睡著的Tiyao王子。她思忖著：「唯有此刻，Tiyao王子才真正屬於自己，一旦他醒過來， 又得將Tiyao王子還給村民了……」唉，Avas好希望Tiyao王子繼續沉睡，讓她隨時可以陪在身邊。但是，她不能也不該這麼自私。

Ilau端著陶碗進來，開朗地說：「我看見你屋外擺著，還熱的，我就拿進來了。」

Ilau說著把碗放在桌上。Avas怔怔地望著Ilau，沒有答話。

「多少吃一點，你不能這麼不吃不喝，小心累壞。」Ilau說。

「Kaku怎麼樣了？」Avas問，突然想起來似的。

「Kaku醒了，所以我才過來看看Tiyao王子醒了沒？」Ilau答說。

「那就好。唉，他們一定喝了很多。」Avas嘆口氣說。

Ilau坐下來，一個勁兒地催著Avas吃飯，一邊說：「或許是平時為了村落的事太壓抑了，一下子放鬆下來就昏睡了。」

屋外，高空裡的太陽兀自趕著自己的腳步；屋內，地板上的光影隨著陽光的角度變化著；村落中，跳動著的人心有喜有憂。

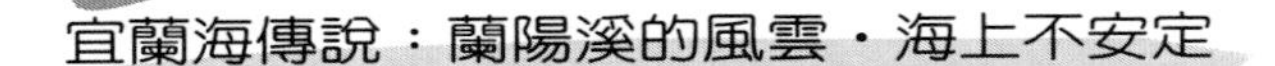

78.Tiyao王子還在昏睡

村醫們研究各種藥方從不間斷，在村落最需要協助的時候總是站在第一線，為了建立Tamayan村的港灣時，受傷的村民不計其數，總是不眠不休地為村民看診，為了建立一個海上王國最大的儲貨中心。Torobuan村果然和過去不一樣，很快地就會知道Torobuan村未來是要做什麼。Baagu村仍然是市集最繁榮的村落，而龍王廟裡的龍王則一直是村落的守護神。在這次大地震動的時候，海神毀了龍王廟，但龍王依然用牠殘缺的身體保護著村落。沿著海岸的沙灘一帶，海神從來沒有告訴村民要怎樣保護自己，海神一次又一次地考驗著村民堅毅不拔的心。海上王國的村民在海神與天神的考驗下漸漸地結合了山神的威力，開創另一個國度。

胖胖男孩蹲在火堆旁煮著藥草，然後裝瓶，裝罐。

「爸，這些都是用來治毒蛇的藥草嗎？」胖胖男孩邊裝瓶邊問。

「這些藥草可以治療的病症很多，不管是發炎、出血、咳嗽、寒氣，什麼病都能治。」村醫爸爸說。

「那可以製成百毒散嗎？」胖胖男孩又問。

「當然可以。」村醫爸爸說。

胖胖男孩收起藥草渣正要進屋裡去，村醫爸爸問：說「對了，我叫你曬乾的藥草呢？」

「在沙灘那裡，太陽大，曬得快。」胖胖男孩說。

「記得去收。」村醫爸爸交代說。

「現在就去看看。」

胖胖男孩說完，一溜煙跑出去了，村醫爸爸無奈地搖搖頭。這時Tanu來找村醫，一臉憂慮神色。

「有什麼事嗎？」村醫爸爸開口問。

「Kaku已經醒來一天了，也開始在村落活動，Tiyao王子卻到現在都還在昏睡。我想請村醫去看看，給Tiyao王子診個脈。」Tanu說。

「你說什麼？Tiyao王子還沒醒來？」村醫爸爸驚訝地說。

「所以才急著找你啊。」Tanu不等回答繼續說，「會不會是Tiyao王子喝太多，喝太猛，才會這樣？」

「好吧，我這就去看看。」村醫爸爸說。

Tanu等著村醫爸爸進屋子裡去拿藥箱，然後一起離開。

胖胖男孩在大太陽底下細心地收拾乾藥草，一束束分類好，然後全部放進竹簍裡，準備回家。

「快點，快點來。」瘦小女孩突然焦急地跑過來，拉著胖胖男孩就走。

胖胖男孩被拉著走不了路，推開瘦小女孩的手說：「發生什麼事？」

「吼。」瘦小女孩氣急敗壞地吼道。

「我要回住所啦。」胖胖男孩說。

「你爸爸不在家，回去也沒有用。」瘦小女孩提高了聲音說。

「咦？」胖胖男孩一臉納悶表情，但又執拗地，「才不管呢，我回去等他。」

「他現在正在為Tiyao王子看病啦。」瘦小女孩插著腰說。

「Tiyao王子生病了？」胖胖男孩驚訝地說。

「不知道，所以我才叫你快點去看看呀。」瘦小女孩說終於說出她來的目的。

「好。」

胖胖男孩明白後答了一聲，就立刻快跑將竹簍先揹回家，隨便擺放在屋門外後，就回頭與追在半路上的瘦小女孩會合，然後一起朝Tiyao王子的住所跑去。

沙灘上，曬魚、曬網、曬衣服、曬野菜，各式各樣的民生用品都擺上了，一座實用的洗鹽場也按照一定進度建立起來了。小小的製鹽廠生產的食用鹽既提升村民每天食物的美味，還可以作為貿易品項呢。這個海上夢幻王國的富饒並不僅止於此，還有海岸山坡的草原，那裡也蘊藏著豐富的動植物資源，能夠滿足眾多村民的生活各方面需要。綠油油的海岸草原，滿目盎然生機，就像欣欣向榮的海上王國之未來，充滿著無限希望。

79.大祭司受到感應

Anyao獨自走著，從市集一路來到樹林邊的大草原，只覺空氣清新，沁人心肺。正當Anyao駐足暫歇的時候，Kaku也來到了草原，兩個人邊走邊聊，慢慢走到溪流邊。

「Tiyao王子還沒酒醒嗎？」Kaku問。

「聽說是，不過Tanu已經請了村醫去看了。」Anyao說

「我自己也醉了一天一夜，都是Ipai在照顧我。想到Avas也很辛苦，都是我好酒力才會誤了大事，也害了Tiyao王子。」Kaku嘆了一口氣說。

「沒有人怪你。或許是Tiyao王子這段日子以來為村落的事太操勞了，需要好好放鬆一下，現在也許正是天神給他休息的機會呢。」Anyao說。

「希望你說得是真的。」Kaku說。

溪水潺潺地從大山流出來，溪谷裡的大石頭被水流沖激翻動，不時發出喀啦聲響。山風一陣一陣，搖曳著林木樹葉和枝椏，沙沙

嘶鳴。Kaku和Anyao繼續在村落巡視著，遇見了大祭司。

大祭司對Kaku說：「剛才我收到感應。」

「什麼感應？是天神？還是Tiyao王子？」Kaku說。

「Kaku，你要負責將Tiyao王子交代的事情監督完成。」大祭司說。

「那Tiyao王子醒來了嗎？」Anyao說。

「我只知道龍王廟完成的那一天，王子就會醒來。」大祭司說。

「那麼說是龍王把他帶去……」Kaku沉吟一下，又說，「港灣的部分建的快好了，剩下Sinahan村的建立。」

「Sinahan村建在哪裡？」Anyao說。

「這個要問Tanu了。」大祭司說。

「走，去找Tanu。」Kaku說。

「我已經派人叫他到集會所來了。」大祭司說。

Anyao和Kaku盯著大祭司看，驚異他設想如此周到。就這樣，三個人談完話就一起離開溪谷，朝集會所走去。

村醫爸爸替Tiyao王子把了脈，一切正常，但心神似乎又有些不安定。

「村醫，怎麼樣了？」Tanu說。

村醫沒有說話，只是不斷地輕輕搖著頭，似乎在思索著什麼。Avas也定定地凝望著Tiyao王子，久久沒有說話。

兩個孩子突然跑進來，胖胖男孩看著村醫爸爸劈頭就問：「爸爸，Tiyao王子會醒來對吧？」

村醫爸爸點點頭說：「嗯，你去熬個安神的藥給Tiyao王子服下。」

「Tiyao王子會醒來的。」Avas也走過來，笑著拍拍胖胖男孩的臉說。

正當孩子們和村醫要離開的時候，一名巡守隊員來了，Tanu走出屋外去聽報告。

「什麼事？」Tanu問。

「是大祭司找你。」巡守隊員說。

「大祭司？」Tanu猶疑一下，又說，「你在這裡等我。」

Tanu說完，進了屋裡，看著Avas，語氣堅定地安慰她說：「Avas，別擔心，Tiyao王子一定會醒來的。」

Avas抹去淚水，點點頭。

「大祭司找我，你要是有什麼事通知Ilau。」Tanu說。

「我知道。」Avas說。

Tanu看著Avas片刻，然轉身離開屋子，和巡守隊員一起走了。兩個孩子和村醫爸爸也離開了Tiyao王子的住所。

80.分工合作建新村

集會所裡。

聽完大祭司的話，Tanu覺得不可思議說：「Tiyao王子告訴過我，他擔心以後大地震動會越來越多，以後沙洲上不宜繼續居住，所以才要村民全都遷移到海岸山坡的矮木林裡，以後沙灘土地就單純作為種植之用，村民的住居和生活其餘的活動就都集中在溪谷和矮木林。所以，現在又計畫在大河旁，也就是Vuroan村再過去一點的海岸那裡，建立一個新村落Sinahan村，安頓新增的人口。屆時村民全數搬離開沙洲，這樣一來，就能避免當大地再次震動引起海水高漲而淹沒村莊了。」

「原來這就是Tiyao王子遷村的主要理由啊。很好，很好，那我更應該要好好地把村落建立起來，為了我們的家園。」Kaku說。

「既然這樣，諸位就好好激勵村民一起奮鬥，就像建立Tupayap村一樣努力。」大祭司說。

「Anyao，你負責龍王廟的重建。」Kaku說。

「是。」Anyao輕答。

「Tanu，你就負責教村民準備建村的材料，有什麼需要盡量告訴我。」Kaku說。

「你把我忘記了。」Kulau走進集會所開朗地笑著說。

Kaku也笑著對Kulau說：「你的責任更大，負責所有村落的安全維護。」

「呃？好，好，哈……」Kulau說，表情又驚又喜。

「大祭司，我有一個要求。」Kaku忽然對大祭司這樣說。

「什麼要求？」大祭司說。

「我希望大祭司能夠在沙灘上設壇祭天神、祭海神，祈求村落盡早完成，祈求Tiyao王子能夠早日平安醒來。」Kaku說。

大祭司猶豫了一下說：「好吧，等一下我回到祭司府就立刻叫人準備。」

就這樣，大家開完了會議，集會所內的諸人對接下來的任務都感到十分振奮，彼此加油打氣地互望了一眼。此時此刻，山風徐徐，溪流緩緩，樹林在陽光的照耀下顯得格外青翠。

81.花仙子

閃閃發亮的門自動推開，花仙子散落著美麗的花瓣，美麗的人形草早已佇立兩旁。

花仙子發話說：「人都帶來了嗎？」

「帶來了。」人形草應聲說。

人形草說完之後就散開並消失無蹤，此時，花仙子進入一個拱門，拱門兩旁各有一個大巨人守著。

「人在裡面嗎？」花仙子說問。

「是的。」其中一個大巨人答說。

花仙子走進拱門後，看見石床上躺著Tiyao王子。花仙子注視著沉沉睡著的Tiyao王子，凝望著Tiyao王子，在Tiyao王子的臉頰上親了一下，Tiyao王子突然醒過來了。

花仙子也震驚了一下說：「你醒了？」

Tiyao王子起身坐在石床上，想站起來卻被花仙子攔住了，王子說：「你是什麼人？我怎麼會在這裡？」

「你在這裡是天神的安排，天神要你整合海神與山神的夢幻境地，建立一個繁盛千年的山海夢幻王國。」花仙子說。

「我不懂。」Tiyao王子不解地說。

「大山的資源美景需要保護，就像保護大海資源一樣。」花仙子說。

Tiyao王子愣愣地看著花仙子，似懂非懂。

花仙子揮動一下她的衣袖說：「你只要記住山海夢幻王國守護著你的村落和家園，其他的海神會引導你。」

Tiyao王子想站起來離開，花仙子輕輕揮了衣袖兩下，Tiyao王子就又再度昏睡了。花仙子用手拍了兩下，人形草出現了。

「把他帶回去。」花仙子下令說。

人形草猶豫不決，沒有行動。

「怎麼了？」花仙子困惑地看著人形草說。

「山神下了令要他在這裡待著。」人形草說。

「不能回去？」花仙子更驚訝了。

「山神自己另外下令讓疾風怪和雨娘帶他回去。」人形草說。

花仙子似有所悟地點點頭，轉身走出拱門，卻正好撞見疾風怪和雨娘。

「花仙子，你怎麼在這裡？」疾風怪訝異地說。

「我來交代一些事情。」花仙子故作鎮定地說。

「是嗎？」雨娘睨著眼看她說。

「怎麼，懷疑我？」花仙子有些不悅地說。

「不，是山神要找你。」雨娘說。

花仙子一溜煙就走了，疾風怪和雨娘對視了一眼，滿心狐疑地搖了搖頭，走進拱門。

疾風怪和雨娘站在石床旁看著沉睡著的Tiyao王子，雨娘說：「什麼時候讓他回去？」

「山神會安排的。」疾風怪低聲說。

沉睡的Tiyao王子完全不知道自己發生了什麼事，只感覺身體溫熱了起來。疾風怪和雨娘守住拱門，等待山神的旨意。

82.幫Avas補身子

感覺身體溫熱起來的Tiyao王子完全不知道發生什麼事，Avas每天為他灌湯藥保持身體的熱度，不眠不休。Avas餵了最後一口湯藥，才放下手中的湯碗。Ilau在屋外也忙了很久，她趁著還未熄火的爐把魚放進陶鍋裡煮。

Avas走出屋子來看見了Ilau，驚訝地說：「你再煮什麼？」

「煮魚湯啊。」Ilau笑著說。

Avas突然感到一陣暈眩，就慢慢扶著牆走回屋裡去了。

Ilau把煮好的魚湯端進來，看見Avas疲倦地坐在椅子上臉色發白，心疼地說：「看你，都不會照顧自己。」

「我沒事的。」Avas虛弱地笑笑說。

「還說呢，都快暈倒了。你不為自己想，也要為肚子裡的孩子多想想啊。」Ilau說。

Avas看著Ialu，一臉無辜模樣，Ilau哄著她把魚湯喝完。這個時候，胖胖男孩和瘦小女孩走進來了。

「你們怎麼都來了？」Ilau笑著打招呼說。

胖胖男孩手上拿著藥包說：「送藥來的。」

「是給Tiyao王子的？」Avas也笑著說。

「我的是要給Avas補身子的。」瘦小女孩也拿出一包說。

「你們……」Ilau感動得說不下去了。

「你來幫我生火，我煮湯藥。」瘦小女孩對Ilau說。

「我爸爸說，昨天他看到Avas氣色不太好，所以多準備了一帖湯藥給Avas。」胖胖男孩說。

「這樣喔，好，我就幫你生火，你們可要好好地把藥煮好喔。」Ilau熱情地說。

兩個孩子點點頭，Avas想阻止卻被Ilau擋了下來。Avas一個人坐在屋內眼巴巴地等候，不時凝視著Tiyao王子，屋外傳來兩個孩子忙著煮湯藥，嘰嘰喳喳快樂地交談的聲音。

Avas撫摸著Tiyao王子的手，幽幽地說：「你要快點醒來呀。」

Avas的淚水不小心滴在Tiyao王子的手上，Tiyao王子的手抖了一下，Avas以為Tiyao王子醒了，叫了幾聲，但Tiyao王子還是沒有反應。

83.Ipai快生了

這條河順流而下流入大海，在大海交界處，村民在海上日夜辛勤著，翻動著海水，攪動著沙灘，抓不完的魚蝦，還有五彩繽紛的珊瑚世界。海底有海底的美麗，天空也有燦爛奪目的雲彩，和自由翱翔的鷗鳥。

龍王廟漸漸地修復中，村民都知道龍王廟是庇佑先祖的神廟，這一大片海岸沙灘能保有如此壯觀之收穫也許是龍王廟的神蹟吧。村民們陸陸續續把野菜種在地裡，或是栽在自己的住家附近。如今，沙灘變成了村民玩耍踩踏的地方，夜晚看星星，喝酒，唱歌，共同歡樂一整夜。

市集裡，仍存在著躁動不安的氛圍，許多村民掛念著：Tiyao王子醒來了沒？要是Tiyao王子醒不來怎麼辦？聽說大祭司打算著要重選村落共主，此刻村民們正為此議論紛紛，又聽說Kaku將成為Tiyao王子的接班人，成為下一任村落共主。

這件事傳到了Kaku的耳朵裡，覺得村落建不建事小，撼動人心事大，他不想被認為自己企圖取代Tiyao王子，於是要求大祭司祭天神與海神之事希望能盡早處理。

大祭司在沙灘上設壇準備祭天神的時候，天空突然降下一道白光。

Ipai看到此一異象之後納悶說：「怎麼會這樣？」

大祭司又唸了一道咒語祭海神，海上也突然掀起一道水柱而後消失。

「大祭司，海神說什麼？」Kaku問。

大祭司靜靜地沒有說話，Kulau急了，追問道：「大祭司，這

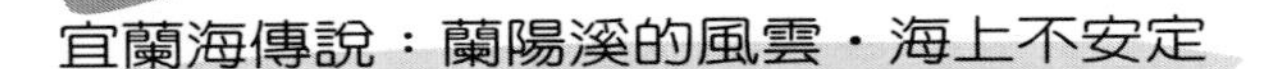

到底代表什麼啊？」

「感應不到。」大祭司說。

眾人訝異地看著大祭司，Kaku要求說：「那祈求Tiyao王子平安吧。」

大祭司在祭壇前唸了幾句咒語，沉吟一下說：「嗯，Tiyao王子現在很好。」

不料，大祭司語音剛落，半空中突然颳起大風，吹倒了祭壇，眾人被風趕著，躲進了矮木林裡。

「這到底怎麼回事？」Kulau驚呼說。

村民的舢舨船紛紛划進入海灣，大祭司也怔怔地看著這陣怪風，不得其解。所幸，這怪風來得快，去得也快，匆匆吹過一會兒就平息了。因風大無法出海，許多村民泊了船後就沿著海岸山坡走回家。大家在路途中遇見了Ipai，她正在海岸邊採集野果，和一般村裡的女人沒什麼差別。

今天，Ipai外出採集時不斷聽到三姑六婆的耳語，說什麼：「Tiyao王子要是一直都醒不來，Avas不就太可憐了！」「聽說Kaku很有可能成為下一位村落共主」……這些耳語讓Ipai很不舒服，她其實很想馬上出言反駁，但是胎兒突然在肚子裡抗議著，只好撫著肚子不疾不徐地走回住所。

Wban一看見Ipai一臉痛苦地走到家門外，立即關心地開口問道：「你怎麼了？」

Ipai摸著肚子，似乎痛得說不出話來。

「是不是要生了？」Wban著急地說。

Wban趕快把Ipai扶到屋內，又出門託鄰近村民通知Kaku和村醫。

Wban一回來就走進房來，坐在Ipai的床邊，握著她的手說：

「忍著點，沒事的。」

趁著Ipai的陣痛稍稍平緩下來，Wban略微寬心了，於是走出屋外小歇一下。Wban正看著前方發呆，突然看見什麼東西的影子像風一樣快速地飄過，等她回神想看清楚，卻忽地不見了。

巡守隊員快步跑來到沙灘，告訴Kaku等人關於Ipai的事。Kulau一聽，讓Kaku先回去看看，這裡有大祭司和他來處理就夠了。

Kaku臨走前向大祭司拱拱手，正色說：「一切就拜託大祭司了。」

大祭司點點頭。接著，眾人一時沒有交談，默默無言。大祭司低頭沉思了片刻，又轉頭去看著大海，不料又看見異象，山頂上瞬間發出一道閃光。

「你們看，大山那邊！」Anyao驚喊道。

大夥往大山一看，果然有一道白光，也不禁驚呼連連。

大祭司隨即掐指算了一下，沉吟說：「原來是這樣……」

「大祭司，怎麼一回事？」Anyao憂慮地說。

「山神把Tiyao王子請去做客了。」大祭司笑著說。

「咦？」眾人輕嘆一聲。

大祭司放了心，立刻收拾祭壇，一邊吩咐大家回去各自堅守職責，做好自己的事。眾人一時散去，沙灘上只留下停泊的船隻和村民為生活辛勤奔波的雜沓腳印。

84.村落的新成員

大草原上，某一天，正在捕捉獵物的村民突然看見了一隻小野兔，於是悄悄地跟蹤，跟到了一個小洞口。結果，小野兔一溜煙跑進洞內了。村民非常好奇，也快步跟著跑進山洞。誰知一進山洞就被嚇著了，裡面黑漆漆，水聲「嘩嘩嘩」，趕快退出山洞。此後，村民的此一經歷被口耳相傳，被稱作「妖怪的山洞」的這一禁地也名聲大噪，叫人聞之色變。

今天，Basin也來到草原採集野菜，又因為得知Ipai已經生下孩子，於是又走到溪谷想採些藥草給Ipai補補身子。她一邊採集，一邊想著要不要把Ipai生產的事告訴Avas。「Tiyao王子至今昏睡不醒，Avas為了照顧Tiyao王子已經心力俱疲，哪有心思關心別的事情呢？」Basin思忖至此，決定暫時不通知Avas。傍晚，Basin採集足夠的野菜和藥草之後，就一個人提著竹簍回到村落。

Kaku焦急地在房外等待著，當他聽到嬰兒的哭聲的剎那，不禁喜極而泣，立刻跑進房間去看Ipai。剛分娩的Ipai臉色有些發白，因生產耗盡體力而虛弱得很。

Kaku坐在床邊握著她的手說：「辛苦了。」

Ipai沒有說話，初為人母的喜悅淚水早已流了滿臉頰。Kaku輕輕拭去她的淚水，Wban把孩子抱給Kaku。

Kaku一臉幸福地看著懷裡的孩子，被麻布包裹得像個手中玩偶的小嬰兒，多麼令人憐愛呀。

Kaku凝視著孩子欣慰地說：「你終於成為村落的一員了。」

「Kaku，你的責任又加重了。」Ipai說。

「是啊。」Kaku看著Ipai又看看孩子說。

Kaku抱著孩子坐在Ipai床邊，一家三口，既溫馨又幸福。Wban看見此情此景，面帶微笑悄悄地離開了屋子，關上門。

Basin看見Wban走出來，問道：「怎麼了？」

「我們回去，Ipai現在最需要的是休息，讓Kaku好好陪著她。」Wban說。

Wban和Basin一起走了，其他來幫忙的鄰居也先後離開了Kaku

的住所。

Avas一個人坐在屋外木頭椅上嘆著氣，甚至沒有察覺到拂臉而過的微風。

Ilau走過來，拿一件披衣披在Avas身上說：「這裡風很涼，還是進屋子去吧。」

Avas抓住披衣看著Ilau說：「Ipai生了是吧？」

「嗯。」Ilau點頭輕聲說。

「母子平安嗎？」Avas又問。

「平安，Kaku在照顧著她。」Ilau答說。

Avas看著屋外隨風搖晃的樹木，默默無言。

「進屋子吧。」Ilau輕聲催促說。

Avas在Ilau一再相勸之下終於起身慢慢走回屋裡。屋內，Tiyao王子依然悠悠沉睡著。Ilau帶上門離開了，屋裡留下Avas獨自守著Tiyao王子，坐在床邊握著他的手，親吻著。就這樣，不知過了多久，Avas也沉沉睡去。

85.龍王廟重建完成

一個月後，Kaku的孩子開始會認人了，Ipai除了餵奶以外，就是安撫孩子的哭鬧。

傍晚，Ipai在屋外忙著煮薯泥和魚湯，為孩子準備食物。

Kaku從沙灘回來，還沒走到家門，就高聲地喊著說：「好香哦。」

Ipai看著他微笑不語。Kaku體貼地要Ipai先進屋裡休息，讓他來煮。進屋後，Ipai一邊抱著孩子逗弄著，一邊不時看著屋外忙得有些手忙腳亂的Kaku。一會兒後，Kaku終於煮好了魚湯和薯泥，

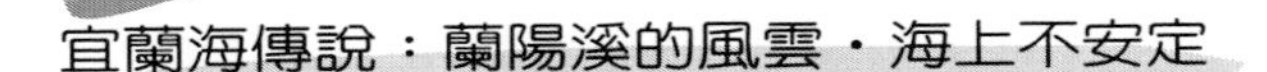

一一端進屋內和Ipai和孩子分享。

「龍王廟重建好了是嗎？」Ipai問說。

「是，今天早上去的時候剛好完成，過了正午大祭司替龍王安座，總算完成了，我的任務也完成了一半。」Kaku笑著說。

「你去看Tiyao王子了嗎？」Ipai又問

「沒有。」Kaku說。

「大祭司不是說龍王廟建成，他就會醒來嗎？」Ipai感到訝異地說。

「大祭司是這麼說。」Kaku訥訥地，又看著Ipai，「怎麼了？」

「沒事，我只是在替Avas擔心而已。」Iapi幽幽地說。

Kaku看著Ipai和孩子，默默不語。他何嘗不了解Ipai的心思？他也清楚Avas對Tiyao王子的無私付出多麼令人不捨，因為身為村落共主的丈夫，大多數的時間都是在關心著自己的子民，而無法時時守在自己心愛的女人身邊，這和Kaku自己的家庭不一樣。

Avas和往常一樣，時時守在Tiyao王子身邊，一天下來，疲累的身體讓她不知不覺地昏睡在椅子上。這個時候Tiyao王子醒來了，睜開眼看見Avas沉睡在椅子上，他揉著惺忪睡眼想著自己到底睡了多久，卻怎麼也想不起來。Tiyao王子下床，把Avas抱到床上，溫柔地蓋上被子，握著Avas的手，吻著。不知過了多久，Tiyao王子突然聽見外頭一陣喧鬧聲，他望著沉睡著的Avas片刻，轉身走出屋外。向一位村民打聽之下，才知道原來是Kaku的兒子滿月了，要和大夥一起慶賀呢。「Kaku的孩子出生了？」Tiyao王子如此想著，「自己到底睡了多久？」

Tiyao王子一個人漫步到村落市集，又往大草原走去。他驚訝地發現不但Sinahan村建立起來了，連龍王廟都蓋好了。隱隱約約中，Tiyao王子似乎又聽見花仙子說的話：「山與海的夢幻王國。」究竟他要怎麼做呢？大山那邊還有什麼人會出現？

Avas遠遠走來，發現Tiyao王子站在大草原那頭獨自呆望著，於是又喜又氣地慢慢朝他走去。

「醒了也不叫我，就一個人到這裡來，是不是又想離開我？」Avas嬌嗔地說。

Tiyao王子轉身看見Avas，驚喜地說：「什麼時候來的？」

Avas沒有說話，只是看著他。

Tiyao王子擁著她說：「這段日子讓你受苦了。」

Tiyao王子將Avas摟在懷裡，二人相偎相依，一起感受著風吹草原，淡淡草香飄送，感受著兩顆相牽相絆的心在跳動著。

86.欲訪陌生客

Tiyao王子航行在海上。今天豔陽高照，海面金光閃閃，海底多采多姿，大海滋養著千萬種生命，猶如陽光提供動植物無窮無盡的力量。

Tiyao王子看著大海說：「到沼澤去。」

「你是說要去大河那邊嗎？」Tanu問。

Tiyao王子點頭，船改變了方向往草澤區前去。

「要在哪兒上岸？」Tanu問。

「在那裡就好。」Tiyao王子用手指著說。

在三角頂點暫停，Tiyao王子環視周遭地形，海岸山坡、沙洲、草澤樹林，他心想：「船隻在這個內海中航行應該會安全得多吧？」進入沼澤區，一大片草原和矮木林。繼續沿著沙灘往上走則是一座大山，綿延數百里的大山，數百條溪流就藏身其中。

「Tanu，我要去之前那個巨大河流的沙洲，你先回去吧。」Tiyao王子說。

「什麼？這怎麼可以？你才剛剛從昏迷中醒來耶……」

「沒事的，我帶兩個人一起去，其他人先回村落。」Tiyao王子攔住Tanu的話說。

Tanu想了一下說：「你該不會要見之前那個陌生客吧！」

「沒錯。」Tiyao王子說。

「那我替你去好了。」Tanu說。

「只有我去才能表示最大誠意啊。」Tiyao王子說。

Tanu說不過Tiyao王子只好任由他去了，對著Tiyao王子的背影大叫說：「兩天後我會在這裡接王子回去的。」

只見Tiyao王子頭也不回地揮揮手說：「知道了。」

看著Tiyao王子走得遠遠的不見蹤影之後，Tanu這才放心地划著船回到村落。

Tiyao王子沿著河岸沙灘走，一路走上矮木林、草叢，好不容易找到了大石壁下的沙洲，幾條細小山溪在這裡匯流。

「只要沿著山壁往上走就可以看到村落入口門樓，在那裡拿出我給你的信物，他們就會讓你進來。」Tiyao王子想著Kena的話。Tiyao王子看著越來越窄的河床，兩邊都是高聳的山林，只有些許平坦草地。溪谷，水澗，空谷鳴，虎豹，雉雞，任優游。這裡彷彿人間仙境一般，山中無甲子，寒盡不知年。

87.拗不過Avas

Avas獨自坐在海岸山坡礁岩上，久久沒有說話。Ilau在村落見不到Avas非常擔心，急得四處尋找，一直找來到了海岸山坡。

「這裡風很大，回去吧。」Ilau說。

「你說Tiyao他會去哪裡？是那裡嗎？」Avas指著大海說。

Ilau輕輕摟著她的肩，不知道如何接話。

「你告訴我，為什麼他總是不告而別。」Avas哀傷地說。

「也許他怕你傷心吧。」Ilau安慰說。

「他這樣不吭一聲，難道我就不傷心了嗎？」Avas說著泫然欲泣。

Ilau無言開解，只好沉默。這個時候，二人看見遠遠的沙灘那裡，Tanu正在準備船隻。

「Ilau，Tanu要去哪？不會要出海了？」Avas看著Tanu的身影，對自己身旁的Ilau說。

Ilau還沒有回答，眼睛看著Tanu正慢慢地將船划入海中，不料剛剛還站在身旁的Avas卻發狂似地從海岸山坡跑過去。

「Avas，小心，不能用跑的。」Ilau一邊追Avas，一邊說。

Avas突然跑過來，嚇了Tanu一跳，Avas劈頭就問：「Tanu，你要去哪裡？是不是要去找Tiyao？」

Tanu還沒有說話，看見Ilau也來到沙灘，於是說道：「Ilau，快帶Avas回去。」

「帶我去找Tiyao，好嗎？」Avas一邊央求著，一邊跟著船拖曳的方向移動。

「我不能帶你去，太危險了，還是回去吧。」Tanu焦急又無奈地說。

Tanu吩咐巡守隊開始划船，Avas卻盯著他執意說：「你不帶我去，我就站在這裡，哪裡都不去，一直等Tiyao回來。」

「Avas，你這是何苦呢？」Ilau皺著眉說。

Ilau看著Tanu，勸說道：：「你想想辦法。」

「我是要去接Tiyao王子回來的。當初他說要上山去找人，我跟他約好兩天後，也就是今天，我會在同一個地方接他。」Tanu說。

「你真的要去找Tiyao王子？」Ilau質問說。

Tanu點點頭說：「是。」

「Avas，現在你可以放心跟我回去了吧。」Ilau說。

「不，我要去找他。」Avas堅定地說。

「Avas……」Tanu和Ilau齊聲喊著。

「你不帶我去，我就一直站在這裡。」Avas說。

眼看情況如此僵，不得已，Tanu只好讓Avas隨船出海了。結果，為了Avas的安全，連Ilau也跟著去了。不過Tanu要Avas待在船艙，不要吹太多風以免受寒。Avas只要能跟去，這點小要求她自然二話不說地答應了。就這樣，船上除了Tanu和兩名巡守隊員，還有Avas和Ilau，一行人朝著大河旁的沼澤地出發。海面風吹浪起，船隻搖晃了一下，Avas因為有孕的關係，身體有點不舒服。

「Avas，還好吧？」Ilau關切說。

Avas看著Ilau搖頭說：「沒關係。」

「很快就會到了。」Tanu說。

沼澤區上方成千上萬隻鳥禽一下成群飛起，又成群降落，忙著覓食，呼朋引伴。

88.貝螺和糧食交易

Tiyao王子在Kena的村落裡受到極為殷勤的款待，他發現這個山中小村落，四面環山，防守非常嚴密，從山坡高處向外望根本是一覽無遺，要是從外頭進來肯定會中埋伏而喪命。Tiyao王子對這個山中村落非常好奇，尤其大山裡野獸飛禽品種之多、數量之巨，與Tiyao王子所來的海上夢幻王國海底的魚蝦、貝類和螃蟹，以及海鳥，不分軒輊。有意思的是，山裡有得是色澤艷麗、姿態萬千的飛鳥，每當林間鳥鳴，與溪水聲合奏，簡直可以叫人靜心聆聽而忘憂。難怪乎，雨娘對他說要把大山和海的家園一起保留下來。原來這是海神與山神所共同賜予的禮物。

Tiyao王子正思忖著，Kena對他說：「非常謝謝你的造訪。」

「好說。但不知我的提議，你覺得如何？」Tiyao王子說。

「能夠將大山和大海的禮物相互交換，對村民來說是一種新鮮的貿易模式，值得一試。」Kena說。

「那麼說你是同意了？山下和山上的村落彼此貿易，交換貨物。」Tiyao王子興奮地說。

「敢問是以什麼做準則？」Kena問。

「我們大海之民是以貝螺為幣，但不知大山以什麼為幣？」Tiyao王子說。

「我們大山以糧食為幣。」Kena說。

「這麼說定了，把大山的糧食和大海螺幣的劃分做詳細的分類表，十天後就在大河口外的沼澤區碰面，你的村民也可以帶著貨物和我的村民交換，我會在那裡成立一個市集貨物交換所。」Tiyao王子明快地決定說。

「大河口？你說的是出了山口，大沙洲外的大海嗎？」Kena回想著說。

「是的，你們可以沿著沙洲的沙灘往下走，樹林的另一邊就是沼澤區。」Tiyao王子說。

「我知道了。」Kena說。

「我要回去了。」Tiyao王子說。

Kena送Tiyao王子從村落入口到河流沙洲，大石壁的山林中。

「就是這裡，十天後你和你的村民從這裡過河沿著矮木林沙灘走就到了沼澤，不必搭船。」Tiyao王子說。

「我知道了，十天後見。」Kena說。

目送Tiyao王子離開後，Kena也順著大石壁回到山上的村落。

89.小別勝新婚

終於靠岸了，Tanu要巡守隊員在船上守著，自己先去矮木林看看。Avas在船上看著這一片海岸沙灘，想下船走走卻被Ilau阻止了。

「不可以，你還是留在船上吧。」Ilau勸說。

Avas沒辦法，只好回船上。

「我們在這等Tanu的消息。」Ilau說。

這一片草木繁盛、鴨群遍野的水池，不時有從海上飛來的鷗鳥和大山飛來的雁鳥停駐。Avas正在船上呆望著這美麗的景色，突時之間，又被對岸樹林間玩耍著的猴子吸引住了，猴子爬上爬下，攀過來盪過去的，還一邊發出吱吱叫聲。Avas看了好一會兒，看累了，於是回到船艙休息。Ilau也放下了心，自己坐在船頭等待Tanu返來。Tanu循著矮木林和沙灘找尋，眼看太陽斜影越來越長了卻不見Tiyao王子蹤影。

Tanu對巡守隊員說：「我不能離開太遠，還是先回船上吧。」

正當Tanu和巡守隊員要回船上的當下，突然聽見：「Tanu，要回去了？」

Tanu回頭看見Tiyao王子，驚訝得一時說不出話來。

「怎麼了？」Tiyao王子笑著說。

「王子，船就在前面，我們快過去。」Tanu說。

「什麼事這麼急？」Tiyao王子好奇地說。

Tanu低聲吩咐隨行的巡守隊員先行一步回船上，通知Avas和Ilau。

「我說過我一定會準時回來的。這次大山一行真的讓我大開眼界，不虛此行，而且收穫不少。」Tiyao王子開心地說。

Tanu沒有回答，靜靜地走在Tiyao王子旁邊。

「Tanu，你是不是有什麼事？」Tiyao王子看著欲言又止的Tanu說。

Tanu看著他，又看著前方的船，木訥地說：「王子，船在那兒。」

Tanu朝舢舨船快步走去，Tiyao王子也加快腳步走過來。Ilau聽巡守隊員說Tiyao王子回來了，面露喜色。

坐在船艙裡的Avas聽見了Ilau的話，三步併作兩步走出來，高聲地問：「Tiyao回來了？」

「嗯。」Ilau說。

「我要去找他。」Avas一臉心花怒放的表情說。

Ilau扶著Avas站在船上看著遠遠走過來的Tiyao王子和Tanu，兩個人下船來到沙灘。

Tiyao王子遠遠看見Ilau，驚訝地說：「Ilau怎麼會來？」

「是，Ilau沒錯。」Tanu支吾說。

「不對，除了Ilau，Avas也來了？這怎麼回事？我不是要你瞞著Avas嗎？」Tiyao王子說。

「瞞不住，Avas堅持要來，不得已我才叫Ilau陪著她來。」Tanu硬著頭皮解釋說。

Tiyao王子非常擔心Avas的身子，於是急急向船的方向走去。看見Tiyao王子已經快步走到Avas身邊，Tanu和Ilau就靜悄悄地走回船上，沙灘上只留下Avas和Tiyao王子兩個人。

Tiyao王子握著Avas的手說：「怎麼來了？應該在家等我的。」

「不要，每次你都會不聲不響地走掉。」Avas撒嬌不依說。

「我怕你擔心嘛。」Tiyao王子搔搔頭說。

「你這樣，難道我就不擔心了嗎？」Avas說完噘著嘴背過身去。

Tiyao王子把她扳過身來摟在懷裡，然後牽著她的手一起上了船。

Tanu對巡守隊員說：「回村落去吧。」

船航行在海上，太陽斜斜地從山坡上照下來，Ilau依偎著Tanu看著大海，享受太陽最後的餘溫。Avas和Tiyao王子兩個人則坐在在船艙裡，深情地凝視著對方，默默無語。這甜蜜的時刻，美好得如幻如夢，Avas多麼希望這個夢永遠不要醒來，Tiyao王子永遠不會離開。

90.驅蟲香包

Tiyao王子和Avas拿著東西到市集裡以物易物，交換著自己需要的物品。他們倆終於可以手牽手在村落裡漫步，在市集裡閒逛，享受著一般村民享受的生活。

這個時候胖胖男孩剛好揹著竹簍走過來，Tiyao王子看見他就笑著打招呼說：「要去哪兒呀？」

胖胖男孩拿下竹簍，把竹簍裡的小布包拿出兩個來說：「給你。」

「這是什麼？」Tiyao王子好奇地說。

Avas把小布包拿過來聞了一下說：「好香，淡淡的香味。」

Tiyao王子聽Avas這麼一說也聞了一下小布包，點點頭說：「嗯，是很香。」

「這是我爸爸做的，他說這個戴在身上，小蟲子就不敢靠近了。」胖胖男孩開心地說。

「這也可以當作女人的香包。」Avas說。

「跟你爸爸說多做一些，到市集裡多做宣傳，讓村民多認識。」Tiyao王子說。

胖胖男孩不甚了解地離開了，Tiyao王子看見胖胖男孩歪著頭邊走想的樣子不禁笑了起來。

Avas看著Tiyao王子，正色地問：「你真的要跟大山的人做生意嗎？」

Tiyao王子也收了笑臉看著她，正色地回答說：「恩，多接觸一些人總是好的，至少讓村民知道在這裡還有另外一群人，這樣會比較有警覺性。」

「你是說……」Avas話說了一半。

「在這個地方生存的不僅止於我們，遲早要碰面的，不如現在主動和他們示好。」Tiyao王子接著說。

Avas看著他沒有說話，Tiyao王子攬著她的腰，繼續在市集裡走著。

「不過你放心，我都交給Tanu去處理了，Anyao也會幫忙他。」Tiyao王子一會兒又提起來說。

Avas感到好幸福，真正的幸福。

集會所裡，村民擠滿了整個空間，Tanu把Tiyao王子的意思告訴所有村民：擴大村落的交易將帶來村落更大的繁榮，在沼澤區建立一個貨物市集中心，和山上的人買賣來往，既能享用山上人的出產也能帶動河流水域一帶的繁榮。

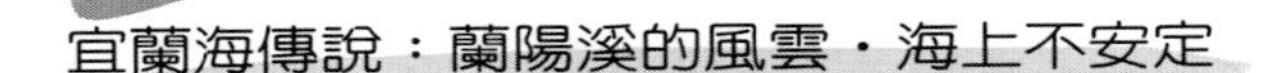

Kaku和Kulau非常驚訝地看著Tanu，Kaku首先開口說：「為了不讓村落受到傷害，竟然就主動和大山的人合作？」。

「這是為了保護村落所做的決定。」Tanu堅毅地說。

「怎麼說？」Kulau不解地說。

「難道大家想讓先祖留下來的這片大海從此失去嗎？」Tanu提出質疑說。

「Tanu說得沒錯，這樣做，不但保有大海，還能擁有大山的資源。」Kaku有所領悟地說。

眾人沒有說話，靜默許久。

有村民問：「Tiyao王子要怎麼做？」

Tanu淡定地看著大家說，「交易中心一建立好，就會向大家宣布。」

村民聽了之後，似懂非懂、略略放心地離開集會所，各懷心事，憧憬著村落繁榮的可能景象。

91.山之珍，海之寶

舢舨船經過了大大的改裝，一半住人，一半裝貨，就這樣浩浩蕩蕩地從村落海灣出發。出發前Tiyao王子讓大祭司向天神與海神祈福，並向龍王請安，儀式極其簡單，省去了許多繁文縟節。船隊在大祭司的祭神儀式結束後出發了，Tanu和Anyao率領的船隊已經從Torobuan村出發了，Tamayan村的船隊也在Tiyao王子和Kaku的率領下啟航。

村民預先在沼澤區外的大草原建好了一個市集。另外，從矮木林穿過密密麻麻的樹林在草原內有早已搭建好的小木屋，這座小木屋乃作為市集交易的裁決所。村落交易遇到不公平的狀況時，就交由裁決所裁決，裁決的人選由兩方交易的人指定公正人士和長者及大祭司擔任。

Tanu和Anyao的船隊已經抵達，Anyao說：「原來這幾天你就是忙著在這裡建造小木屋啊。」

「不然你以為我在幹啥？」Tanu笑笑說。

從矮木林往大山看，層巒疊嶂，一片蒼綠。

「有人來了。」村民警示說。

Tanu往沙灘上走去，看了看，然後向小木屋裡的其他人揮手示意說：「是我們的合作夥伴。」

果真是Kena率領著一批人來到了和Tiyao王子相約的地點，他們帶著鹿茸、鹿皮、山豬等等貨物，真是讓Tanu等人大開眼見呢。

「Tiyao王子來了沒有？」Kena劈頭就問。

「就快到了，請到裡面休息。」Tanu說。

就在Tanu招待Kena的同時，Tiyao王子和Kaku也來到了。

一名巡守隊員跑來告訴Tiyao王子訪客到了，Tiyao王子看了Kaku一眼說：「我們走吧。」

「把貨物搬進去。」Kaku吩咐巡守隊員說。

Tanu看著Kena帶來的貨物，非常好奇，Kena也對Tanu帶來的大海的禮物感到訝異。Kena的人告訴他Tiyao王子來了，Kena立刻向前迎接。

「很高興你能遵守承諾和我們做交易。」Tiyao王子熱情地說。

「看到這一切，可以體會你做得很用心。為了表示誠意，我帶了禮物給貴村落。」Kena說著叫人拿過來。

「這是什麼？」Tiyao王子瞪大眼睛說。

「這是我們村落的米酒，上等的穀酒。」Kena說。

Tiyao王子示意Tanu收下，然後向Kena拱拱手說：「那我就不客氣了。」

Tiyao王子和Kena兩個人各自向村民宣布以後這裡就是Taroko人和Pusoram人交換貨物的地方，Kena說這裡是Pusoram人和Taroko人保護大山和大海家園的地方，Tiyao王子宣布這地方叫做Binabagaatan，意思是大海子民駐守的地方，也是通往大山最重要的地方。

「因為很重要，所以希望大山子民和大海子民能夠秉著山神和海神的相處之道，和平共處。」Kena說。

在整個交易過程中，大海子民對於對於鹿皮非常有興趣，大山子民則對海藻非常有意思。在大山子民來說，溪流的魚僅足以飽一餐之量，而大海之魚竟然可以大到像一頭野豬，甚至比老虎還大，簡直不敢想像。至於手工藝品，兩造村民都做得很精細，卻又各有千秋。

大家熱熱鬧鬧地交換著彼此的貨物，人聲鼎沸，似乎連附近的河流也跟著激動起來，甚至猴群也好奇地來到沙灘看熱鬧。這個沼澤區，棲息著各種鳥類，色彩豔麗，賽過天空的雲彩和海底的珊瑚。

Kaku逛完了整個市集，他深刻地體會到，市集裡的豐富貨物正是村民的苦心和勞力的成果。的確，大山村落人的貨物之多，真是叫人大開眼界呀。「唉，很久沒有這麼熱鬧過了。」Kaku心裡這樣想著。

小木屋裡，Tiyao王子和Kena友好地交談著，原本彼此約定，每隔十天就在這裡交易一次貨物，但是Tiyao王子考慮十天太短促，更改為十五天。實際上，農作物收成是需要時間的，而且遇雨也該延後交易。

「有這麼一個體恤村民的村落共主實在是村民之福啊。」

Kena讚嘆著。

「好說，你也是。」Tiyao王子笑笑說。

「這是大山的皮衣喔，要買件送給Ilau才是。」Tanu在衣物攤位上拿起一件皮衣自言自語說道。

「我看你也順便替Tiyao王子買一件送給Avas好了。」Anyao在旁邊慫恿他說。

「你，你不用買個禮物送給Basin嗎？」Tanu瞧了Anyao一眼說。

「你們在說什麼？」Kulau走近Anyao二人身邊說。

「Kulau，你不是不來嗎？」Anyao嚇了一跳，打招呼說。

「這麼熱鬧的大事怎能不來？」Kulau笑笑說。

Tanu眼睛搜尋了四周一下，說：「Kaku呢？」

「Kaku回村落去了。」Kulau答說。

「回去了？」Tanu驚訝地說。

「他把這裡安頓好了之後，也去了解過市集的狀況就回去了。」Kulau說。

「所以你就過來了？」Anyao對Kulau說。

「再說，村落也不能沒有人在。」Kulau解釋說。

「也對呀，Tiyao王子現在人在這裡，村落還是要有人幫忙村民解決事情的。」Anyao點點頭表示理解說。

船隊要離開了，Kena和Tiyao王子在沙灘上道別，Kena順著原來的矮木林回到村落，Tiyao王子也走回船上，啟航回村。

92.交易約定

Kaku佇立沙灘，望著大海，村民們正為著生活辛勤打拚，划著舢舨船上忙著捕魚。觀望了好一會兒後，，Kaku沿著沙灘走過矮木林回到村落市集，他留意到不少從南方大海的市集回來的村民正聚集議論著，有的說：「海底的珊瑚石是大山村落所沒有的。」有的說：「大山來的鹿茸，則是海上夢幻王國的村落所沒有的，山裡人的布織也很特別。」等等，不一而足。

「聽說十五天交易一次。」村民說。

「真的？」又一位村民說。

「Tiyao王子和他們的首領說好的。」村民說。

Kaku聽著，想著，想得出神，不由自主地來到了集會所，大祭司剛好從集會所出來。

「大祭司，事情好像進行得很順利。」Kaku說。

大祭司笑笑，Ipai也走過來了，手中抱著孩子。

「我先走了。」大祭司說。

「你去哪裡？」Kaku目送大祭司走後，又轉頭對Ipai說。

「悶得慌，出來透透氣，今天村裡很熱鬧。」Ipai說。

Kaku拿出在市集裡買的新飾品說：「這個給你。」

Ipai接過飾品仔細瞧了瞧說：「這很特別，不是我們村落的吧？」

「是今天去新交易市集那裡看到的。」Kaku說。

「那不就是大山村落的？」Ipai問。

「是，真的跟我們這裡有些不一樣。」Kaku點頭說。

Kaku和Ipai邊走邊談論新交易市集的事情。

Tanu來到Avas的住所，看見Ilau也在這裡，於是拿出了兩件獸皮衣。

「這是要給我的？」Ilau喜出望外地說。

「一件給你，一件Avas，是大山村落女人保暖穿的。」Tanu說。

「Tiyao王子還沒回來？」Ilau看著Tanu說。

「回來了。」Tanu答說。

「人呢？」Ilau說。

「在沙灘那邊。」Tanu低聲說。

「為什麼不先回家？」Ilau語氣有些不悅說。

Ilau看著Avas，Avas沒有說話，只嘆了一口氣說：「他有說什麼事嗎？」

「沒有。」Tanu低頭答道。

Tiyao王子在沙灘停留了一會兒就回住所了，他先去交代巡守隊員，請大祭司為這次村落大事祭天神、祭海神、先祖等儀式做準備。巡守隊員離開後，Tiyao王子隨即也回到了住所，剛好看見Tanu和Ilau正要告辭離開。

Ilau對Tiyao王子說：「Avas在等你。」

Ilau說完就看著Tanu，眨眨眼示意一下，然後兩個人就彼此心領神會地一起離開了。

Tiyao王子走進屋內，看見Avas正怔怔地望著Tanu拿來的獸皮衣，若有所思。

「這是特別為你選的。」Tiyao王子開口說。

Avas轉頭看著他，沒有接話。Tiyao王子慢慢靠近她，將她攬過來，Avas也順勢靠在他的懷裡。

「現在開始不會離開我了嗎？」Avas撒嬌地說。

「這個……」Tiyao王子猶豫地說。

「不要說話，就這樣好。」Avas說著緊緊依偎著Tiyao王子。

93.安享太平

胖胖男孩和瘦小女孩、高瘦女孩在祭典儀式結束後和所有村民歡天喜地地在村落慶祝，在沙灘上高歌舞蹈，玩耍了好一會兒之後，就與高瘦男孩和瘦小男孩結伴去大草原玩，又不知不覺朝以前探險過的那個山洞方向走去。

「你們想不想再探險一次？」高瘦男孩慫恿著大家說。

「咦？」所有孩子都齊聲驚呼。

有了第一次探險經驗，孩子們膽子似乎變大了，彼此謔聲怪笑地點頭同意。當他們來到山洞口的時候卻發現了一件奇怪的事：山洞口竟然早已擠滿了人！原來部分村民為了測試自己的膽量也都跑到山洞來了。看見Kaku和Kulau兩個人在山洞口把關，孩子們也參加了他們的遊戲比賽——這是要測時間的，看誰最快走出山洞！山洞的出口處有Tanu和Anyao兩個人把守，為先後走山洞的村民做裁判，以及鼓勵喝采。更棒的是，Tiyao王子和大祭司還為參加比賽的人，在村落外的大草原沙灘上擺宴慶祝。

孩子們很好奇也很興奮，一路手牽手，老馬識途地很快走完了山洞，兩個山洞之間的銜接處派有巡守隊守衛著，保護大家的安全，防止意外發生。一直到太陽斜影漸漸拉長，進入山洞的人也越來越少，最後Kaku和Kulau進入了完成慶典的最後儀式。

到了夜晚，火堆燒烤著食物，香氣四溢，讓人垂涎三尺。大祭司看見所有村民都已經到齊了，於是向Tiyao王子點頭示意一下。

Tiyao王子站在村民前面，面帶笑容對著大家說：「今天大家走過的山洞是從Tupayap村開始，至Vuroan村結束。這裡是新的村落Sinahan外的大草原，在過去就是大河了。大河邊的沼澤，也就是我們和Taroko人交換貨物的新市集。現在大家集合在這裡，是為了慶祝我們找到了一個新的大海之地，永續經營祖先所建立的海上王國，讓這個王國能萬世屹立，千年不墜。」

村民聽到這裡不禁發出一陣歡呼，打斷了Tiyao王子的話。

Tiyao王子等歡呼聲稍歇繼續說：「我們可以來去自如地在這片大海之中討生活，也可以和大山的子民和平共處。」

村民又一陣歡呼。接著，眾人就開懷暢飲，盡情唱歌跳舞，Kaku、Kulau、Anyao、Tanu和Tiyao王子也一樣，和大家同樂，不醉不歸。

「現在真可以說是太平世界了。」Anyao欣慰地說。

所有人都點點頭，彼此相視而笑。

從上次大地震動之後，巨大海浪把Torobuan村的沙灘和Baagu村的沙灘連接在一起，村民也因此找到了大河口和巨大河口的大海繼續生存下去，村落人口也越來越多，村落也越建越多，並且得到大山子民的貨物，真是海神保佑啊！

94.轉眼三千年

一年平平安安地過去了，Avas也生下一個孩子，Tiyao王子非常高興，喜悅笑容不時浮在他臉上，無限愛憐地凝視著孩子，享受著作為人父的幸福。大祭司為Avas的孩子祈福，同時也為下一代的村落共主後繼有人而感到欣慰。

然而，在Tiyao王子的心裡，最大的願望並非讓自己的孩子成為村落共主。他的願望很簡單，那就是一家三口經常共聚，和樂地生活在一起就好了，就像一般村民的家庭生活那樣。Tiyao王子還要Avas幫他多生幾個孩子呢。每當Tiyao王子這樣說的時候，Avas都含羞笑著不回答。

如今，天下太平，村落裡隨處可見大家開心過日子、幸福洋溢的景象。Ilau挺著肚子和Tanu在市集裡走，Basin和Anyao甜蜜地依偎著，Wban和Kulau在屋裡深情相望，Ipai帶著孩子在Kaku身邊

奔跑著。這樣的快樂時光，彷彿可以永永遠遠地持續下去，就像陽光從亙古直到千秋萬世都會普照著大地，大海的浪花會不斷沖激海岸，濤聲永遠不絕。就這樣，Pusoram人的海上夢幻王國，就在天地日月的燦爛光輝中，在河海風雨的滋潤下，又度過了三千年的歲月。

少年文學25　PG1425

宜蘭海傳說

——蘭陽溪的風雲・海上不安定

作者／張秋鳳
責任編輯／廖妘甄
圖文排版／楊家齊
封面設計／王嵩賀
出版策劃／秀威少年
製作發行／秀威資訊科技股份有限公司
114 台北市內湖區瑞光路76巷65號1樓
電話：+886-2-2796-3638
傳真：+886-2-2796-1377
服務信箱：service@showwe.com.tw
http://www.showwe.com.tw

郵政劃撥／19563868
戶名：秀威資訊科技股份有限公司
展售門市／國家書店【松江門市】
104 台北市中山區松江路209號1樓
電話：+886-2-2518-0207
傳真：+886-2-2518-0778

網路訂購／秀威網路書店：http://www.bodbooks.com.tw
國家網路書店：http://www.govbooks.com.tw
法律顧問／毛國樑　律師

總經銷／聯寶國際文化事業有限公司
221新北市汐止區康寧街169巷27號8樓
電話：+886-2-2695-4083
傳真：+886-2-2695-4087

出版日期／2015年9月　BOD一版　**定價**／280元
ISBN／978-986-5731-35-9

秀威少年
SHOWWE YOUNG

國家圖書館出版品預行編目

宜蘭海傳說：蘭陽溪的風雲.海上不安定 / 張秋鳳
著. -- 一版. -- 臺北市：秀威少年, 2015.09
面；　公分. -- (少年文學 ; 25)
BOD版
ISBN 978-986-5731-35-9(平裝)

863.859　　　　104014264

讀者回函卡

感謝您購買本書，為提升服務品質，請填妥以下資料，將讀者回函卡直接寄回或傳真本公司，收到您的寶貴意見後，我們會收藏記錄及檢討，謝謝！

如您需要了解本公司最新出版書目、購書優惠或企劃活動，歡迎您上網查詢或下載相關資料：http:// www.showwe.com.tw

您購買的書名：______________________________

出生日期：________年________月________日

學歷：□高中（含）以下　□大專　□研究所（含）以上

職業：□製造業　□金融業　□資訊業　□軍警　□傳播業　□自由業

□服務業　□公務員　□教職　□學生　□家管　□其它_____

購書地點：□網路書店　□實體書店　□書展　□郵購　□贈閱　□其他

您從何得知本書的消息？

□網路書店　□實體書店　□網路搜尋　□電子報　□書訊　□雜誌

□傳播媒體　□親友推薦　□網站推薦　□部落格　□其他__________

您對本書的評價：（請填代號　1.非常滿意　2.滿意　3.尚可　4.再改進）

封面設計____　版面編排____　內容____　文／譯筆____　價格____

讀完書後您覺得：

□很有收穫　□有收穫　□收穫不多　□沒收穫

對我們的建議：______________________________

____

____

____

請貼
郵票

11466
台北市內湖區瑞光路 76 巷 65 號 1 樓
秀威資訊科技股份有限公司 收
BOD 數位出版事業部

（請沿線對折寄回，謝謝！）

姓　　名：＿＿＿＿＿＿＿＿ 年齡：＿＿＿＿ 性別：□女　□男

郵遞區號：□□□□□

地　　址：＿＿＿＿＿＿＿＿＿＿＿＿＿＿＿＿＿＿＿＿

聯絡電話：(日) ＿＿＿＿＿＿＿＿ (夜) ＿＿＿＿＿＿＿＿

E-mail：＿＿＿＿＿＿＿＿＿＿＿＿＿＿＿＿＿＿＿＿